작가의 빌라

다소 시리즈 002

작가의 빌라

초판 1쇄 인쇄	2025. 08. 19.
초판 1쇄 발행	2025. 09. 03.
초판 1쇄 완독	

지은이	박민정
읽은이	

펴낸이 김선식 · 부사장 김은영 · 콘텐츠사업2본부장 박현미 · 책임편집 조용우 · 디자인 이현진 · 콘텐츠사업6팀장 임경섭 · 콘텐츠사업6팀 정지혜 곽수빈 조용우 이한민 이현진 · 마케팅1팀 박태준 권오권 오서영 문서희 · 미디어홍보본부장 정명찬 · 브랜드홍보팀 오수미 서가을 김은নি 이소영 박장미 박주현 · 채널홍보팀 김민정 정세림 고나연 변승주 홍수경 · 영상홍보팀 이수인 염아라 김혜원 이지연 · 편집관리팀 조세현 김호주 백설희 · 저작권팀 성민경 이슬 윤제희 · 재무관리팀 하미선 임혜정 이슬기 김주영 오지수 · 인사총무팀 강미숙 이정환 김혜진 황종원 · 제작관리팀 이소현 김소영 김진경 이지우 황인우 · 물류관리팀 김형기 김선진 주정훈 양문현 채원석 박재연 이준희 이민운 · 외주스태프(마케팅) 전효선

펴낸곳 다산북스 · 출판등록 2005년 12월 23일 제313-2005-00277호 · 주소 경기도 파주시 회동길 490 · 전화 02-704-1724 · 팩스 02-703-2219 · 이메일 dasanbooks@dasanbooks.com · 홈페이지 www.dasan.group · 블로그 blog.naver.com/dasan_books
용지 스마일몬스터 · 인쇄 민언프린텍 · 코팅 및 후가공 평창피앤지 · 제본 국일문화사

ISBN 979-11-306-7013-3 (03810)

· 파본은 구입하신 서점에서 교환해 드립니다.
· 이 책은 저작권법에 의하여 보호를 받는 저작물이므로 무단 전재와 복제를 금합니다.

작가의 빌라

박민정 소설

그리고 소설가 박민정의 금요일

차례

작가의 빌라 007

소설가 박민정의 금요일 145

소설가의 책상 159

추천사 162

소은이 말하는 입 모양을 보면 옛날 생각이 난다. 서른 살에 다소 늦게 치아교정을 시작한 나는 가지런한 치아와 함께 몹쓸 습관을 얻었다. 치아에 붙은 단단한 철사를 자꾸 혀로 밀어붙이는 버릇이 굳어져 버린 것이다. 남달리 억센 턱관절까지 타고난 내겐 여간 불편한 노릇이 아니었다. 그간 만난 수많은 치위생사들이 내게 혀가 얼마나 힘이 센 줄 아느냐고 경고했다. '혀는 무척 힘이 세다'는 말을 생각할수록 입안에서 제멋대로 움직이는 혀가 신경 쓰였다. 눈꺼풀처럼 혀도 의식하지 말아야 할 신체 부위 중 하나다. 수많은 불수의근과 같이.

나는 교정기를 완전히 떼어내고 나서도 자꾸 혀로 치아를 밀었다. 그래서 나와 비슷한 습벽을 가진 사람들을 금세 알아보는 편이다. 앞니에 낀 음식물을 떼어내려는 것처럼 입안에서 혀를 굴리는 사람들. 소은은 아직 치아교정 중이었다. '월비'라고 하는 치아교정 유지비 때문에 힘들다고 했다. 소은만 한 나이에는 제법 크게 여겨질 수도 있는 돈이었다. 치아교정을 하는 사람에게는 특유의 다문 입, 말하는 입, 웃는 입 모양이 있다. 소은도 그런 입 모양을 하고 있었지만, 웃는 입 모양만은 다른 사람과 달랐다. 소은은 입을 가리지 않고 활짝 웃었다. 누런 고무줄까지 칭칭 감긴 교정기를 단 채로 말이다. 그 모습이 정말로 눈부시게 아름다웠다.

민소매를 입은 소은은 더플백 두 개를 양어깨에 걸치고 걸어왔다. 나는 약속한 시각보다 이르게 도착해 골목에 주차하고 그녀를 기다리고 있었다. 외진 동네였고 오가는 사람도 차도 없어서 별달리 눈치 보이지 않았다. 나는 팟캐스트를 들으며 소은을 기다렸다. 역시 쓸데없이 굳어져 버린 습벽 같은 거였지만, 유난히 나를 떠난 사람들 생각이 자꾸 났다. 그녀와 여행하는 내내 끈덕지게 내게 붙어 떨어지지 않을 생각들. 소은을 만난 첫날, 그녀가 내게 성큼성큼 다가왔을 때, 나는 옛 친구들을 떠올렸다. 순간 소은이 마치 젊은 시절의 그들처럼 보였을지도 모른다. 초봄에 만난 소은은 외투를 걸치고 있었고 자리가 불편해선지 한껏 움츠린 듯한 모습이었는데 한여름에 만난 그녀는 달랐다. 가로

줄 무늬 여름 니트를 입은 소은의 어깨가 직각으로 반듯했다. 나는 버튼을 눌러 조수석 문을 열어주었다. 소은은 얼른 타지 않고 엄지손가락을 올려 뒷좌석을 가리켰다. 나는 조금 놀라며 뒷문을 열었다. 미처 배려하지 못한 듯해 부끄러웠다. 그녀의 커다란 더플백들이 차례로 뒤에 실렸다.

효연의 딸 소은과 나, 둘만의 여행이 시작되었다.

외곽으로 접어들기 전까지 우리는 어색하게 대화를 했다. 대충 서로의 신상과 근황을 나누었다. 단둘이 만난 것도 처음인데 함께 멀리 떠나려고 하는 중이었다. 그리 친하지 않은 사람을 조수석에 태운 적은 여러 차례 있었다. 대중교통이 끊긴 늦은 밤 데려다주거나 할 때였다. 운전을 하지 않는 사람들은 그런 상황에서 보통 부담스러워했다. 호의에 감사하면서도 친밀하지 않은 상대의 사적인 공간에 들어왔다는 생각에 불편하기도 할 터였다. 무엇보다 좁고 밀폐된 공간이었기에. 부득이한 상황이 아니라면 나도 함부로 조수석에 사람을 태우려고 하지 않았다. 택시가 잡힌다면야 그쪽이 훨씬 편할 테니까. 어떤 인간들은 자신이 차를 몬다는 사실을 유세하는 데 정신이 팔려 도통 모르는 듯했지만 도리어 실례가 되는 일일 수도 있다. 소은과 나는 함께 여행하기로 합의한 상태였고 보험을 들어 교대로 운전하기로 했지만 어차피 내 차였기 때문에 주로 내가 하게 되리라고 짐작했다. 그렇다면 소은은 주로 조수석에 있을 터였고 핸들을 잡은 나는 운전을 잘 못할까 봐 조금은 눈치 보며, 흘낏대며 대화를 하게 될 것이다. 이런 상황을 어느 정도는 예상하고 있었다. 중요한 이야기를 건넬 요량으로 조수석에 상대를 태운다는 무지한 인간들을 한껏 경멸하던 나는 전방을 주시하느라 슬쩍 곁눈질하며 대화하고, 그마저도 맥락이 툭툭 끊길까 걱정하고 있었다. 그러나 한편으론 내가 소은과 멀리 떠난다는 사실이 중요하지, 차 안에서 나누는 대화 따위는 별로 중요하지 않았다.

이런저런 생각이 무색했다. 소은은 외곽으로 나가는 길이 막히자 대시보드에 발을 올렸다. 나는 깜짝 놀라 발을 내리라고 했다.

"위험하잖아요."

소은의 약간 파랗기까지 한 하얀 팔에 핸드포크 타투가 세로로 길게 새겨져 있었다. 나도 타투를 새겨본 적이 있어서 기계로 새긴 것인지 손바느질로 새긴 것인지 구분할 수 있었다. 소은의 타투는 내 것처럼 조금 파랬다. 나처럼 진피에 잉크가 들어간 지 오래돼서 변색한 건지 원래 그런 색인지는 알 수 없었다. 마치 드림캐처 같은 길쭉한 꽃 모양이었는데, 차에서 내린

다음에 무슨 꽃이냐고 물어보리라 생각했다. 소은은 순순히 발을 내렸다.

"전 사실 안전벨트도 잘 안 하는데……."

내 차는 브레이크를 꽉 밟지 않으면 휘청거렸다. 그냥 그렇게 생겨먹은 차였다. 자동차 동호회 커뮤니티에서 '피칭이 심하다'라고 표현하곤 하는. 그때 나는 처음으로 소은과 무사히 대화할 수 있을까, 나아가 여행을 마칠 수 있을까 생각했다. 비록 미지의 타인인 그녀와 동행하는 모종의 이유가 있기는 하지만.

"안전벨트는 잘못하면 오히려 안 좋다고 들었어요."

나는 계속 그런 생각을 하려고 애썼다. 소은은 효연의 딸이다.

그러니까 소은은 효연의 딸이고, 먼 옛날 효연을 상대했던 것보다는 훨씬 더 수월하다고 스스로에게 자꾸만 되새겨야 했다.

마치 물을 여러 번 먹은 먹색처럼 칙칙하게 흐린 파랑, 소은의 피부색은 나중에까지 이런 이미지로 기억났다. 교정기를 끼고 환하게 웃고, 혀를 밀며 입술을 어색하게 움직이는데도 아름다웠듯이 다소 창백한 피부색 역시 그랬다. 효연의 딸이 아닌 소은이 내게 다가오는 순간이었다. 소은은 나를 선생님이라고 불렀다가 언니라고 불렀다가 곧 효연아, 라고 불렀다. 호칭이 바뀌는 데 채 두 시간도 걸리지 않았다. 여정의 첫 번째 휴게소인 서울만남의광장은 지나치기로 합의했고 그다음 휴게소까지는 한 시간 반이 걸렸다. 휴게소에 내리기도 전에 호칭이 바뀐 것이다. 자기 아빠의 이름을 자유롭게 부르며 소은은 킬킬 웃었다. 내 이름이 그자의 이름이었기에 어쩌겠는가, 내가 이해해야만 했다.

엄밀하게 말하면 효연은 내 활동명이지 본명은 아니었다. 나의 본명은 공교롭게도 소은이었다. 그러니까 나의 두 이름은 그들 부녀의 이름과 같았다. 소은이란 이름은 내 세대에서는 지극히 평범한 이름이었다. 인터넷을 하다 보면 아주 흔하지는 않아도 심심찮게 동명이인을 발견할 수 있었다. 흔한 이름이어서 활동명을 따로 지은 것은 아니었다. 내가 생각하기에 소은은 지나치게 '여성스러운' 이름이었다. 나의 육체에도 작업에도 없는 그런 이미지, 세상이 여성에게 바라고 강요해 온 청순하고 수동적인 이미지를 자아내는 것만 같았다. 실제로 내 부모는 그저 그런 정도의 생각으로 이름을 지어준 것이라고 했다. 효연은 뭐 얼마나 다르냐고 하면 할 말은 없다. 존경하는 옛 선배의 이름이었고, 성명학을 몰라 한자를 부여하지도 않았지만 이런 이름으로 활동하는 작가가 있을 거라고는 생각지도 못했다. 어디에서나 업계 선배와 활동명이 겹치지 않도록 달리하는 게 관행일 테지만 나는 효연이라는 이름을 쓰는 작가가, 그것도 남자 작가가 있을 줄은 몰랐다. 나는 부모가 지어준 이름에서 벗어나 자신에게 이름을 주는 일에 해방감을 느꼈을 뿐이었다. 항렬과 한자, 갖은 의미 부여로 점철된 호적상 이름이 아닌, 내가 창조해 낸 이름이란 점에서도. 소은의 아빠인 효연은 오래전 '작가의 빌라'에서 술에 취해 내게 소리를 질렀다.

"요즘 것들은 왜 이래? 선배한테 예의도 없고."

선배라. 나는 한 번도 그를 선배라고 생각한 적이 없다.

휴게소에서 우리는 커피를 한 잔씩 샀다. 소은이 입을 크게 벌리며 웃는 걸 보자니 덩달아 즐거워졌다. 그녀는 내게 피곤하지 않으냐고 물었다. 피곤하면 제가 할까요, 틈틈이 말하기도 했다. 소은에게 핸들을 내어줄 생각이 내겐 없었다.

    소은이 두툼한 외투를 걸치고 오가는 사람들을 살펴보던 날. 나는 그렇게나 많은 사람이 왜 소은을 단번에 알아보는지 도통 이해하지 못했다. 소은과 아무런 접점이 없어 보이는 사람들, 그날 처음 만난 것 같은 사람들이 너무나 친근하게도 소은에게 알은체를 했다. 와, 네가 소은이구나? 그런 말을 들으면 나는 움찔 놀라고는 했다. 그건 내 이름이기도 했으니까. 활동명이 아닌 본명을 우연히 듣게 되면 으레 그러기 마련이다. 소은은 작은 피식자처럼 움츠리고 사람들 눈치만 살폈다. 나는 자연히 소은을 관찰할 수밖에 없는 자리에 앉아 있었다. '광장 이후 20주년' 행사장은 도심부 한가운데 있는 종교회관 대강당이었다. 광장 이후라는 말이 무색하게 행사 중에도 멀지 않은 광장에서 열리는 집회의

함성이 들려왔다. 그리고 노래들. 사회자는 노래가 들려올 때마다 꼭 제목을 언급했다.

"아직도 우리 노래들은, 광장에서 해방되지 못했군요."

무슨 말인지 그때도 지금도 나는 이해하지 못한다. 왜 그 노래들이 '우리 노래'여야 하는지도, 광장에서 해방되지 못했다는 말이 무슨 의미인지도. 사회자나 행사에 참여한 사람 대부분 노래패와 몸짓패 출신이지만 그렇다고 그게 우리 노래라고 할 수 있는 걸까. 그런 그의 아리송한 말에 감동받아 고개를 끄덕이는 사람들을 나는 낯설게 쳐다봤다. 소은 역시 그러고 있었다. 나는 그녀만 계속 주시하고 있었다. 수많은 사람이 무람없이 어깨를 치며 인사하는 젊은 여자의 정체가 뭘까, 생각하면서.

누군가 속삭이듯 최효연의 딸, 이라고 말했다. 그 이름을 듣는 순간 전율이 일었다. 최효연.

내게 예의 없이 선배와 같은 이름을 지었다고, 본명도 아닌 주제에 그 이름으로 활동하려 든다고 타박하던 사람. 그 이름을 듣자마자 나는 그 옛날 산골짜기 예술가 레지던시 작가의 빌라로 머리채를 잡혀 질질 끌려갔다.

나는 그곳에서 한 달을 머물렀다. 당시엔 운전을 못 했기 때문에 고속버스와 택시를 번갈아 타고 갔다. 바퀴가 뻑뻑해서 잘 굴러가지 않는 기내용 캐리어 한 개를 끌고. 여름이라 옷짐이 무겁지 않았고 처박혀 원고만 쓸 요량으로 잠옷과 실내복 몇 벌만 챙겼다. 배낭엔 노트북만 들어 있었다. 책도 한 권 없었다. 나보다 먼저 작가의 빌라에 다녀온 친구들의 조언을 얻었다. 거기 머무는 동안에는 남루한 차림에 슬리퍼만 끌고 다니면 그만이라고. 하루에 두 번 식사가 나오는 시간에는 모두 함께 모여 밥을 먹는다고 했다. 그러나 그뿐, 그들과 어울려야 할 필요는 없다고 말했다. 다양한 분야에서 '작가'로 활동하는 나와 내 친구들은 모두 술을 마시지 않았다. 그리고 술을 못한다는 사실 때문에 다들 예전부터 꽤나 고생하기도 했다. 예술대학에서는 전통적으로 단합이 중요했는데, 술자리에서 남들과 잘 어울리지 못한다는 것은 무척 곤란한 일이었다. 적당히 마시는 척하는 사람도 있었지만 나로 말할 것 같으면 술을 아예 못 마셨다. 한 방울만 들어가도 헛구역질이 날 것같이 고통스러웠다. 정도의 차이는 있지만 전부 술을 못하는 내 친구들은 내게 그걸 알려주지 않았던 것이다. 작가의 빌라에서는 지독한 술자리가 밤마다 열린다는 걸. 저녁 식사가 끝나면 붙잡히지 않기 위해 도망치듯 방으로 돌아갔다. 한여름이었지만 산골이라 그런지 해가 금방 떨어지는 것 같았다. 식당에서 방까지 걸어가는 길은 짧았지만 금세 어두컴컴해졌고 걷다 보면 누군가 뒤쫓

아 오는 것 같은 착각에 빠지곤 했다. 엄연히 '작가의 빌라'인데도. 그러니까 그 어느 곳보다 작가에게 안전한 공간이어야 하는데도. 이런 레지던시는 세금으로 운영되는 정부 지원 사업이었다. 단기로 머무르더라도 결과 보고서를 제출해야 했다. 당시 나는 이런저런 아르바이트를 중단하고 한 달이나마 원고에 집중을 다하기 위해 작가의 빌라로 향했다. 내 첫 책에 들어갈 서문을 쓰기 위해서였다. 고작 서문을 쓰기 위해서. 책을 쓰기 위해 몇 년을 바쳤는데 마지막 작업을 남겨두고 나는 거의 패닉에 빠지고 말았다. 나보다 먼저 다녀온 친구들은 나야말로 작가의 빌라 레지던시 사업에 어울리는 작가라고 했다. 곧 책 한 권을 출간할 예정이고 막바지 작업만 남겨두고 있으므로. 이런저런 '작가 나부랭이'들이 작가입네 하고 놀러 오는 곳이기도 하니까, 정말로 온전히 작업에만 집중하는 작가가 이용해야 하는 제도라고도 그랬다. 6개월에서 1년까지 이런저런 꼼수를 써서 장기 체류하는 작가도 있는데 대체 뭐 하는 작자인지, 아마도 가정으로부터 도피하고자 오는 것 같다고, 친구들이 흉을 보던 작가가 바로 소은의 아빠인 효연이었다는 건 나중에 알게 되었다.

첫 식사 시간에 둘러앉은 자리에서 한 바퀴 돌아가며 자기소개를 했다. 구성원이 계속 바뀌어 월초마다 으레 하는 자기소개라고 했다. 누구는 그림 배우고 그림 가르친다, 누구는 그냥 각본을 쓴다, 누구는 어디 영문과 교수다, 이런 식으로 담백하게 소개했다. 나도 자기소개는 진력날 만큼 많이 해봤으므로 시비 걸리지 않을 정도로 적당하게 소개할 말은 언제나 준비해 두고 있었다. 얼른 첫 책을 내야 한다고 늘 생각했다. 그러면 그 책을 쓴 작가라고 소개할 수 있으니까. 대표작이 없으면 장황하게 말할 수밖에 없었다. 나는 늘 그랬듯, 나를 이런 말로 소개했다.

"취재해서 글 쓰는 작가입니다."

너무 아리송한 말이라는 건 나도 잘 알고 있었다. 그렇기 때문에 대체로 다들 그냥 넘어갔다. 그 이상은 말하고 싶지 않은 사람이로구나, 여기면서. 그런데 그때 반백의 효연이 내게 물었다.

"뭘 취재하는데요? 이것저것?"

나도 모르게 고개를 끄덕이며 말했다.

"네, 이것저것 취재하고 삽니다."

효연은 숟가락을 들며 그렇군, 뇌까렸다. 아직 자기소개가 다 끝나지도 않았는데 그는 밥을 먹기 시작했다. 내 뒷사람들은 그런 분위기 속에서 어영부영 자기소개를 마쳤다.

당연히 나는 그때 알았다. 그가 나를 못마땅하게 여긴다는 걸. 내가 무엇을 위해 살고, 어떤 사람들을 만나고 다니며 연구하는지 솔직하게 말하기가 늘 어려웠다. 떳떳하지 못한 일을 하는 것은 아니지만 나랑 상관도 없는 사람들을 설득하거나 이해시키고 싶지도 않았다. 이미 대학에서 충분히 겪어봤기에. 그래서 애매하게 말하면 아량 넓은 사람들은 더 이상 묻지 않는 방식으로 존중해 줬다. 그런가 하면 효연 같은 사람들은 불편한 기색을 숨기지 않았다. 왜 너는 건방지게 그 정도로밖에 말하지 않아? 애매하게 둘러대며 뭘 숨기려는 거야? 이런 식이다. 당시의 나는 그런 취급에 너무나도 익숙했다. 언제나 얼른 첫 책을 내야 한다, 그래야 싸워볼 수도 있는 거라는 생각뿐이었다.

효연을 필두로 한 술자리는 바로 그 식당에서 저녁 식사를 마친 후부터 끝도 없이 이어진다고 했다. 처음엔 몇 번 나를 붙잡는 사람들이 있었다. 사흘째 되던 날 밤 누군가 "효연 작가 오늘도 그냥 가게?"라고 친근하게 물었다. 그때 소은의 아빠 효연이 큰 소리를 냈다.

"누구야, 내 이름을 함부로 부르는 자가."

첫날 자기소개할 때 분명 내 이름을 말했던 것 같은데, 생각하며 나는 진땀을 흘렸다. 나를 붙잡은 작가가 난처해하며 말했다.

"이분 성함이 김효연이에요, 선생님."

"아, 그래요? 본명이에요?"

내가 대답했다.

"본명은 따로 있습니다."

"그럼 필명이라고? 원래 나를 몰랐나?"

나는 고개를 꾸벅 숙이고 자리를 벗어났다. 원래 나를 몰랐나? 방으로 돌아가는 동안 효연의 음성이 머릿속을 쿵쿵 때렸다. 이후 한 달 내내 나를 쫓던 음성이었다. 나를 몰랐나? 흡연 구역에 가자 효연 또래의 여성 작가가 나를 반겼다. 자기도 술이라면 질색한다는 사람이었다. 깨끗한 안경알 너머 눈빛이 매서운 그녀도 그다지 다정한 사람은 아니었다. 영문과 교수인 영진은 내게 무슨 취재를 하는지 꼬치꼬치 물었다. 어쩔 수 없이 곧 출간할 책 내용을 간략하게 들려주자 그녀는 한숨 쉬며 말했다.

"최효연 선생한테 들키면 안 되겠네."

"뭘 말입니까?"

"김효연 선생이 한다는 그 연구. 좌파 자존심이 얼마나 센데."

"저도 좌파입니다만……."

"젊은 사람들은 이래서 문제야. 당신이 하는 거 유럽 극우들이 하는 거라고."

그 말을 들었을 때의 충격을 아직도 잊을 수가 없다.

무소가 제 뿔을 보듯 한 치 앞만 보면 평지로 보이지만 알고 보면 실로 구불구불한 길이 있다. 경사가 이만큼이었나, 룸미러로 보면 깜짝 놀랄 만큼 비탈길인데 반듯한 평지인 줄 알고 지나온 길들이 있었다. 어느덧 귀가 먹먹해지며 침이 꼴깍 넘어가야 비로소 실감이 났다. 그 길을 지나면서 나는 소은에게 효연과 처음 만났을 때의 이야기를 들려주었다. 유럽 극우라는 말을 듣자마자 소은은 킬킬대며 웃었다.

"아…… 근데 웃긴 거 말해줄까요? 그 여자랑 우리 아빠 졸라 친했어요."

소은은 정확히 그 시기에 초등학교 3학년이었다. 아빠가 작가의 빌라 같은 곳에 드나들 땐 아직 괜찮았다고 거듭 말했다. 당연히 그때도 이미 퇴물이었지만 그래도 폐인은 아니었다고. 효연은 죽기 전 10년간 누구도 만나지 못하고 집 안에만 틀어박혀 있었다. 소은의 말을 듣고 헤아려 보니 나와 같은 시기 작가의 빌라에서 머물고 난 얼마 후부터였다. 소은은 그때 작가의 빌라에서 뭐 이상한 거 없었느냐고 짐짓 가볍게 물었다. 나는 내가 본 대로 말해주었다. 특이할 거라곤 없네요. 원래 그렇게 살던 사람이니까. 소은이 말했다.

최효연의 베스트셀러는 소은의 아기 때 얼굴이 표지에 커다랗게 박힌 육아일기였다. 좌파 아빠의 육아일기, 아니 아빠의 육아일기 자체가 아예 없던 시절에 정말 큰 인기를 끌었다고 했다. 육아일기 이후에도 효연은 꾸준히 작업했지만 모두 주목받지 못했다. 효연은 그저 아빠 작가라고 불리기 일쑤였다. 아빠 최효연의 딸 소은은 중학생이 될 때까지 인터뷰에 동참하고는 했다. 아직도 육아일기. 지긋지긋한 육아일기! 욕을 하면서도 효연은 인터뷰에 소은을 데리고 나갔다. 작가들 사이에서 금방 식별 가능한 얼굴이 된 것도 그래서였다. 효연은 자기 딸 소은과 육아일기를 동일시하며 말년엔 아예 그 둘을

묶어 '연금'이라고 불렀다.

"아, 이런 연금이 한두 개만 더 있었어야 했는데."

그러다가도 몹시 성을 내며 이렇게 말했다.

"그런 쓰레기 같은 책만 아니었어도 개호로잡놈들이 내 작업을 이러쿵저러쿵 폄하하진 않았을 텐데!"

광장 이후 행사 중간에 소은과 나는 흡연 구역에서 마주쳤다. 비좁고 퀴퀴한 냄새가 나는 부스 벤치에 나란히 앉아 담배를 피웠다. 10여 년 전 작가의 빌라에서 나는 최효연의 존재를 알지 못해 그를 분노하게 했지만, 그 이후로는 당연히 그를 알고도 남았다. 과거에 육아일기를 써서 대박이 났다는 것도 알고 있었다. 그러나 그의 작업이나 인터뷰를 찾아보는 일까진 하지 않았기에 소은을 알아보지 못했던 것이다. 소은도 그 사실을 눈치챈 것 같았다.

"선생님은 저를 모르시죠?"

담뱃재를 툭툭 떠는 집게손가락 한가운데 십자 모양 타투가 있었다. 걱정될 정도로, 그녀의 손가락은 달달 떨리고 있었다. 나는 소은의 얼굴을 살펴봤다. 웃는 것도 같고 우는 것도 같은 얼굴이 창백했다.

"네, 저는 잘 모릅니다."

"그럼 좋은 작가인가 보네요."

소은은 대뜸 그렇게 말했다. 어이가 없어서 나는 피식 웃었다. 여긴 왜 왔어요? 우린 동시에 그렇게 물었다. 내가 먼저 대답해 주었다.

"저도 20년 전에 광장에 있었거든요. '아지프로' 친구들이랑 우리 학교 몸짓패 친구들이랑요."

"선생님은 몸짓패가 아니었어요?"

"저는 앞에 잘 못 나서서 친구들을 따라다니기만 했어요."

"그렇구나."

소은을 어떻게 불러야 하나, 하다가 말했다.

"최 선생님은 왜 여기 오셨어요?"

"저도 비슷해요. 다 저희 아빠 친구들이니까요. 아빠 죽고 나니까 이런저런 행사에 자꾸 초대하더라고요. 살아 있을 땐 거들떠보지도 않던 인간들이. 죽고 나니까 드디어 그 아빠라는 호칭을 떼어주더라고요. 갑자기 최효연 다시 읽기 이런 세미나도 하고……. 저도 처음 와본 거예요. 아빠 친구들 오는 행사에는."

"그렇군요."

"아빠 친구들이랑 선생님 같은 분들이랑 한 진영에 속하기도 했었나 봐요."

소은의 그 말에 나는 한 번 더 웃었다. 한 진영. 언젠가 단 한 번이라도 그런 적 있었다고 말할 수 있을까. 아니, 그럴 수는 없었다. 내가 마지막 광장이라고 기억하는 날의 쨍하게 파란 하늘이 머릿속을 지나갔다. 교수들의 깃발과 학생들의 깃발을 포함한 수백 개의 깃발이 떠올랐다. 소은이 말하는 아빠 친구들의 깃발, 그 작가들의 깃발을 보며 뒷걸음치던 일이 기억났다. 그 깃발에서 점점 멀어질수록 한때의 이상에서 멀어지게 되리라 생각했었다.

"글쎄요. 아닌 것 같은데요. 20년 전 그때는 워낙 비상시국이었으니까요. 하나 될 수 없는 사람들이 하나가 되기도 하고 그랬죠."

"그랬다고는 들었어요, 저도. 어떤 분은 그러던데요. '우리가 하나가 아니라는 것을 눈치채기 전에' 빨리 해결되어야 하는 시국이었다고. 그만큼 다급했다고."

"그 말도 맞는군요."

나는 너털웃음을 지었다. 그해 어간에 태어난 아이가 그해, 그 광장을 회고하고 있는 걸 보자니 마음이 뒤숭숭했다. 소은과 몇 마디 더 나누다가 덜컥 연락처를 주고받았다. 소은만 한 나이의 사람들은 옛날처럼 조금 말을 텄다고 해서 쉽게 연락처를 주지 않는다는 걸 알고 있었기에 다소 놀랐는지도 몰랐다. 그러고 나서 우리는 몇 번 메시지를 나누었다.

우리는 효연의 생전 마지막 레지던시인 양천시 '예술가의 뜰'로 가는 중이었다. 강원도 산골짜기에 있는 작가의 빌라보다 훨씬 폐쇄적이고 작은 곳이라고 했다. 내 주변에도 작가의 빌라에 다녀온 사람은 있었지만 예술가의 뜰에 다녀온 사람은 없었다. 누군가 말하길 그곳은 예술계의 끝장이라고도 했다. 작가의 빌라도 무척 외진 곳에 있었다. 자동차가 없으면 아예 움직일 수가 없는 정도였다. 터미널에서 택시를 잡아타고 가는 길에 전화로 시팔저팔 욕하는 젊은 운전기사를 보며 두려움에 떨었다. 서울이었다면 당장 내려버렸겠지만 외지에선 별

수 없었다. 작가의 빌라에 머무는 동안 나는 두어 번쯤 영진의 자가용을 얻어 타고 시내에 나갔다. 그런데 그보다 더 외진 곳이라니. 소은은 예술가의 뜰 관리인인 노부부에게 꼭 물어보고 싶은 게 있다고 했다. 소은이 말하길, 그녀는 아빠 효연이 가해자였던 사건에 관한 제보를 그가 죽기 전부터 SNS로 꾸준히 받아왔다. 이제 자신은 충분히 아빠를 떠나보냈으니 더는 모른 척할 수 없다고 했다. 예술가의 뜰에서 일어난 사건이었다.

─ 선생님은 그런 마음 없으세요? 연금 같은 책, 노후보장 되는 책 딱 한 권만 써놓고 진짜로 하고 싶은, 돈 안 되는 작업들만 하면서 살고 싶다는 생각 안 해봤어요? 제 친구 엄마는 서점을 하는데 문제집 팔아서 돈 벌지만 꾸준히 아무도 안 사 가는 정신분석 이론서를 입고해요. 그러니까 선생님도 그런 거 하나 만들어 둘 생각 없

으세요?

소은은 메신저로 어찌나 많은 말을 하는지 따라가기가 어려울 지경이었다. 내가 답변을 적는 동안 혼자 다른 화제로 넘어가 버리기도 했다. 그러나 그녀가 하는 말 마디마디가 전부 자극적이어서 단 하나도 허투루 들을 말이 없었고 어떤 말은 되짚어 한참을 읽어봐야 했다.

— 저는 그런 생각 해본 적도 없고 돈이야 다른 걸로 벌면 되는걸요. 대개들 그러고 사니까요. 노후보장 되는 책이라…… 그게 쉬운 게 아니에요. 그것도 능력이에요. 모든 작가가 그럴 수 있는 것도 아니고요.

— 아빤 저보고 늘 연금이라고 했는데 그럼 제가 아빠의 능력이었을까요?

— 원래 자녀는 모든 부모의 능력이에요.

그 말을 보내고 나는 실수했나 싶어 눈을 질끈 감았다. 소은은 웃는 얼굴 이모지를 세 줄이

나 띄웠다. 그러더니 곧장 유쾌하게 말했다.

— 사실 저도 알고 있어요. 아빠가 마지막에 인정했거든요. 나를 낳아서 팔자가 폈다고. 그걸 너무 늦게 알았다고.

어느덧 해가 떨어져 헤드라이트가 자동으로 켜졌다. 양천시로 가는 고속도로는 다른 고속도로에 비해 한적한 편이었다. 정속으로 꾸준하게 달리고 있었다. 가끔 화물 차량이 끼어들었고 그럴 때만 한 번씩 추월했다. 한동안 말이 없는 소은을 흘낏 봤다. 소은은 눈을 동그랗게 뜨며 저 안 자요, 말했다.

"졸리면 눈 좀 붙여도 돼요."

"아뇨, 예의가 아니죠."

몇 시간 전 내게 효연아, 하고 킬킬 웃던 모습이 생각나서 나는 피식 웃었다. 소은은 내게 물었다.

"언니는 운전할 때 음악 안 들어요?"

"음악 듣고 싶어요?"

"아뇨, 그냥 여쭤보는 거예요."

"그러고 보니까 전혀 안 듣네요."

"그럼 최신곡도 모르세요?"

소은의 말대로 나는 최신곡이라고 할 만한 음악을 아예 알지 못했다. 헬스장이나 프랜차이즈 카페에서 유행하는 아이돌 음악이 흘러나오면 역겹다고 생각했다. 전부 다 비슷한 노래로만 들렸다. 어떨 땐 이런 노래만 계속 만들어 판다면 이 나라 음악 산업도 영 가망이 없겠구나, 외람된 생각을 했던 적도 있었다. 소은은 재차 물었다.

"옛날 음악은 들어요?"

"아주 가끔, 옛날에 좋아했던 음악을 찾아 들을 땐 있어요. 그마저도 갈수록 제목이 도통 생각이 안 나서 한참을 검색해 보곤 해요. 그렇게 좋아했던 곡인데 제목도 가수 이름도 생각이 안 나면 정말 난감하다고 느끼면서요."

"신기하네요. 음악을 하던 분도 이렇게 되는구나."

소은은 나를 '음악을 하던 분'이라고 표현했다. 몸짓패와 함께하던 나날들 역시 부인할 수 없는 내 이력이었으므로 그렇게 생각할 수도 있었다. 그녀와 내가 처음 만난 자리가 광장의 노래를 주로 이야기하던 자리이기도 했다. 음악을 하던 사람이라, 틀린 말은 아니었지만 그렇다고 사실도 아니었다. 내가 친구들처럼 노래하고 몸짓하던 사람은 아니었으므로. 그저 나는 그들과 함께 광장에 있었을 뿐이다. 그러나 한편으론 소은 말대로 그 기억이 나를 오랫동안 사로잡아 편안하게 음악을 들을 수 없게 만든 것도 사실이었다. 정말로 음악을 하던 친구들이 그 음악으로부터 멀어져서 크고 작은 변절을 했다. 그 사실은 아직도 종종 나를 괴롭힌다.

"그거 아세요? 더 이상 새로운 음악을 듣지 않는 것도 노화의 증거래요."

노화라는 단어가 다소 거북했지만 가볍게 웃고 말았다.

"그럼 옛날 노래만 계속 듣는 것도 노화라는 건가요?"

"그렇다고도 볼 수 있겠죠. 그런데 언니."

소은은 갑자기 화제를 돌렸다.

"치아교정이요. 계속 유지돼요?"

전방을 주시하느라 소은을 돌아볼 순 없었지만 혀로 치아를 밀면서 말하는 모습이 선연히 그려졌다.

"어떻게 알았어요? 나도 교정한 줄은."

"교정 전후 사진을 하도 많이 찾아보니까 이젠 딱 보면 알겠던데요."

나도 사람들의 입매만 보고도 눈치채는 편

이라 소은이 무슨 말을 하는지 알고도 남았다.

"뭐, 나는 좀 잘된 편이었어요. 그래도 자꾸 돌아가려고 하던데요. 원래대로 돌아가려는 성향이 있대요. 치아라는 것도."

"어휴, 지겨워라."

"교정은 언제 끝나요?"

"전 1년은 더 해야 돼요."

터널이 끝없이 이어졌다. 어느덧 마지막 휴게소를 향해 달리고 있었다. 내비게이션에 찍힌 킬로 수가 빠르게 줄어드는 것을 확인하며 나는 부드럽게 액셀을 밟았다. 마지막 휴게소에서는 식사를 해야만 했다. 예술가의 뜰 관리인들과는 늦은 저녁에 방문하기로 약속을 잡았다. 그들은 고속도로를 타고 오다 보면 어떤 변수가 생길지 모르니 시간에 얽매이지 말고 안전하게 운전해서 오라고 했다. 좀 늦어도 좋으니 무사히 오라고만 했다. 친절하고 교양 있는 말투였지만 위화감을 느꼈다. 예술계의 끝장이라 불리는 곳을 관리하는 사람들인 터였다. 나는 그들에게 저녁식사를 하고 방문하겠다고 말해두었다. 소은에게 뭘 먹겠냐고 물었다. 치아교정을 할 때 어떤 음식이 가장 불편했었는지를 생각하며. 교정을 하는 사람들은 대체로 면 종류를 가장 불편해한다. 특히 고무줄을 달고 있다면 더욱 불편할 것이다. 나는 음식물을 잘 씹지 못해서 빈번하게 체하기도 했다.

"휴게소에선 우동이죠."

내 생각이 무색하게 소은은 쾌활한 음성으로 말했다.

"우동 너무 불편하지 않아요?"

"뭐 어때요. 저만 괜찮으면 되죠."

정말 괜찮을까, 갸우뚱하며 마지막 휴게소 진입로에 들어섰다. 소은은 아, 맛있겠다, 하며 입맛을 다셨다. 배고플 만도 했다. 양천시로 가는 길 마지막 휴게소는 다른 어떤 휴게소보다 시설이 낙후돼 있었다. 음식점도 몇 군데 없었다. 그래도 우동이라면 그럭저럭 맛있을 테니까. 우리는 김이 펄펄 나는 우동을 한 그릇씩 놓고 마주 앉았다. 소은은 숟가락에 유부를 가득 올려놓고 호호 불었다.

영진 같은 사람과 작가의 빌라가 아닌 곳에서 만났다면 결코 어울리지 못했을 것이다. 영진을 생각하면 깨끗한 안경알이 먼저 떠올랐다. 가로로 길게 찢어진 눈매와 작고 날카로운 눈동자는 마치 그 안경에 그려진 그림 같았다. 술자리를 피하는 사람은 나와 영진 둘뿐이었다. 흡연 구역에서도 만나고 간단한 취식만이 가능한 공동 주방에서도 만났다. 상대방의 기분 따위는 조금도 헤아리지 않고 자기가 하고 싶은 말만 줄줄 늘어놓아 진을 빼는 스타일이었다. 한 번 이야기를 시작하면 좀처럼 끊을 줄도 몰랐다. 그래도 술자리를 피하는 이상 영진과 자주 대면할 수밖엔 없었다. 영문과 교수라는 사실이 무색할 만큼 지적인 구석은 조금도 없어 보이다가도, 때로 그녀가 작업하는 모습을 멀리서 보면 경외심이 들곤 했다. 작가의 빌라에 있는 모든 방은 책상에 면한 창이 현관문처럼 컸고 커튼을 치지 않으면 안이 훤히 들여다보였다. 창 너머 영진의 모습은 오래된 액자 속 사진처럼 머릿속에 남아 있다. 키보드를 두드리는 것도 아니고 필기하는 것도 아닌, 그저 가만히 독서대에 꽂힌 책을 응시하는 모습. 마치 쏘아보듯이. 작가의 빌라를 에워싼 한여름의 초록과 얇은 반소매 원피스를 입은 영진이 꼿꼿하게 허리를 펴고 앉아 책을 읽는 모습이 내겐 퍽 인상적이었다.

그런가 하면 기억 속 영진은 가뜩이나 가늘

게 찢어진 눈을 더욱 가늘게 만들고 내게 한마디 던진다.

"그러니까 김효연 선생이 한다는 연구 말이야."

당시에는 별달리 대꾸도 못 했지만 그 말이 떠오를 때면 상상 속 나는 그녀에게 대답하곤 한다. 그래서 뭐요. 이미 영미권에서 닳고 닳은 이야기라고요? 당신이 유학하던 시절에 이미 다 끝난 이야기라고요? 비아냥대고 싶은 거죠? 아주 잘하고 있다고요, 유럽 극우들만치? 새로운 것도 아니거니와 위험한 거라고요? 그런데 어떡해요. 당신 같은 어른들이 그렇게 판단하든 말든 나는 해야겠는데요. 그리고요.

그리고 당신이 틀렸는데요. 아니 당신이 틀렸을 수도 있는데요.

영진이 틀렸는지 아닌지 나는 지금도 모른다. 내가 옳다고 하기 위해 그녀가 틀렸다고 말할 수는 없다고 생각해 볼 뿐이다. 영진은 시비만 걸던 사람은 아니었다. 작가의 빌라에서 제공하는 식사 시간을 맞추지 못해 끼니를 거르면 내 방 앞에 요깃거리를 가져다주던 사람이었다. 가장 가까운 편의점에 가려면 걸어서 30분이 걸렸고, 남보다 걸음도 느린 나는 엄두조차 낼 수 없었다. 자가용이 있는 영진은 수시로 대형마트나 시내에 있는 백화점에서 장을 봐 왔다. 서울에서도 접하기 어려운 고급 커피나 빵을 가져다주기도 했다. 나는 그녀에게 진심으로 감사를 표하며 그것들을 받았다. 늘 받기만 해서 어떡하냐고 몸 둘 바를 몰라 하는 내게 영진은 말하곤 했다.

"김 선생이 앞으로 열심히 쓰면 그게 바로 갚는 길이지."

내가 하는 작업은 유럽 극우들이나 하는 거라고 비아냥대면서도 그런 것을 앞으로 열심히 하라고 격려하는 어른의 말을 도무지 이해하기 어렵다고 생각했다.

그 시기에 소은의 아빠 효연은 인천에 있는 집에 한 달에 한두 번 갔다. 초등학생이었던 소은은 엄마에게 왜 우리 집엔 아빠가 없느냐고 물었다. 소은의 엄마는 도리어 소은에게 물었다.

"그러면 소은아, 아빠 친구들이 집에 오는 게 좋아?"

어린 소은은 고개를 세차게 흔들었다. 아빠 친구들이라 하면 전부 작가들인데 그들은 모이면 담배 피우고 술 마시면서 끝도 없이 떠들어 대는 인간들이었다. 어른들은 어쩌면 저렇게 할 말이 많을까, 알 수 없는 일에 분노하고 문득 누군가는 눈물을 훔치고 다른 누군가는 친구니까 하는 말이라면서 시비를 거는 모습을 아주 어릴 적부터 소은은 보아왔던 것이다. 무엇보다 엄마가 그들 술자리에 낄 수 없다는 사실을 깨달았을 때부터 소은은 아빠를 조금씩 경멸하기 시작했다. 보육교사로 일하며 격무에 시달리는 엄마를 항상 은근히 깔보던 아빠. 정작 아빠의 대표작은—아빠는 늘 그 사실을 힘차게 부정했지만—육아일기였다. 아빠가 그런 책을 써서 팔아먹을 수 있었던 데에는 엄마의 공이 크다는 것을 모르지 않았다. 아니, 소은의 생각에 애초에 그 책은 엄마가 쓴 책이나 다름없었다. 소은은 엄마 말대로 아빠가 차라리 그 작가 나부랭이들만 모인 곳에서 지내는 바람에 집은 엄마가 편히 쉴 수 있는 공간이 되었다는 사실에 안도했다. 시간이 흘러 아빠가 더는 레지던시 같은 곳에도 가지 못하는 폐인이 되어 집에 틀어박혔을 때, 비슷한 부류의 사람들과 한담을 나누며 놀던 그 시절이 그에게 얼마나 빛나는 전성기였을까 생각했다.

그 시절은 소은과 소은의 엄마에게도 전성기였다고 그녀는 말했다.

우동 가락이 교정기에 줄줄 끼는데도 그녀는 아랑곳하지 않고 말했다.

"계속 집에 틀어박혀선 욕만 하는 거예요. 시팔, 옛날이 좋았다. 그러면서. 드라마 대사 같죠? 그래서 저도 알게 됐죠. 각본가들이 이런 대사를 많이 쓰는 이유가 있구나. 옛날이 좋았다고 말하는 사람들이 얼마나 구린가. 육아일기 덕분에 한 달에 꼬박 이삼백만 원 정도 통장에 꽂혔대요. 그러니까 정말로 연금 같은 거죠. 어쨌든 10여 종 되는 교과서에 실려 있고, 업데이트가 좀처럼 되지 않던 교육청 필독 도서이기도 했으니까요. 덕분에 우리는 그걸로도 좀 먹고 살았어요. 아빠가 다른 돈벌이를 안 해도. 아빠가 좀 더 힘을 냈으면 북토크도 다니고 학교 초청 강연도 다니고 하면서 그럭저럭 잘살았을 텐데. 정말로 집 밖에 못 나가는 거예요. 처음에는 술자리에 못 나가다가, 출판사 직원이랑 미팅도 못 하고, 급기야는 아파트에 딸린 편의점에도 못 가게 됐죠. 아, 이런 퇴행은 정말 뭐랄까…… 못 봐주겠더라고요. 저한테 담배 심부름을 시키는 거예요. 중딩한테. 아빠, 아빠 때랑은 다르게 요즘은 학생한테 담배 안 판다고. 성인도 성인 인증 하고 사야 된다고. 내가 이런 설명을 해야 한다는 게 정말, 삶의 질을 떨어뜨리잖아요. 담배도 원래는 아파트 흡연 구역으로 나가서 피웠는데 그마저도 못 해서 보일러실에서 피우더라고요. 거기 니코틴이 누렇게 앉았는데, 엄마는 어디서 청소 방법을 배워 와서는 그 니코틴 때를 다 긁어내더라고요. 이게 얼마나 구린 삶이에요? 그래도 육아일기가 있어서 버틴 거죠. 그런데 언젠가부터 아빠는 제 얼굴을 보는 것 자체를 불편해했어요. 자기 커리어가 꼬인 게 다 육아일기 때문이래요. 그것만 안 썼어도 그놈들이 자길 그렇게 깔보진 않았을 거라고. 아니, 그런데 그놈들이 대체 누구냐고요."

나는 소은에게 물었다.

"비평가들 말하는 걸까요?"

"대체로 비평가들 욕이긴 했는데 구체적으로 들어보면 그들 얘기만 하는 건 아니었어요. 그러니까, 여자들, 아니 어떤 여자 얘기였어요. 제가 예술가의 뜰에서 사건이 있었다는 걸 알게 됐을 때, 설마 저 아빠란 인간이 그 피해자를 두고 계속 욕을 했나 의심했었어요. 그런데 아니었어요. 작가의 빌라에서 만난 여자 얘기였어요."

소은은 국물을 들이켰다. 커다란 그릇에 소은의 얼굴이 잠시 가려졌다.

"내 이야기예요?"

소은은 그릇을 내려놓고 휴지로 입을 닦으

며 빙그레 웃었다.

"언니도 참, 자의식 과잉이시다."

"그러게요, 아니죠?"

"아니죠, 효연아. 언니였다면 제가 알고도 남았죠. 이름이 같은데. 어휴, 왜 그래요, 진짜."

목뒤가 뻣뻣해져 나는 고개를 뒤로 젖혔다.

휴게소를 벗어나자마자 가로등이 드문 어두컴컴한 고속도로가 이어졌다. 상향등을 켤까 잠시 고민했다. 나는 상향등을 켜는 걸 꺼렸다. 전등에 의존해서 보다 집중하며 달리기로 했다. 톨게이트를 지나 일반도로가 이어졌다. 뒤이어 예술가의 뜰로 진입하려면 얼마나 지독한 길을 지나야 하는지 예상하지 못했다. 내비게이션을 보니 일대가 연둣빛 산으로 묘사되어 있었다. 국토의 대부분은 산이니까, 나는 그렇게 생각하고 넘어갔다.

소은은 젤리를 끝없이 까먹었다. 까먹고 남은 봉지는 파우치에 알뜰하게 모으고 있었다. 쓰레기봉투 대용으로 파우치를 가지고 다닌다는 건 기특하기도 했지만 치아교정 중에 단것을 너무 많이 먹는다 싶어 걱정되기도 했다. 소은은 어느덧 카디건을 걸치고 있었다. 틈틈이 힐끗거리며 나는 소은을 관찰했다.

영진 같은 사람이나 소은의 아빠 효연 같은 사람이 젊었던 나를 두고 유럽 극우니, 이미 제국에선 다 끝난 이론을 들고 와서 뭘 해보려고 한다느니, 진보연하는 파시즘이라느니 떠드는 건 아무래도 상관없는 이야기였다. 결국 내 친구들이 나에게 그런 이야기를 하고 말았다는 게 문제였다. 한때는 우리가 언제쯤 행복해질까? 망연히 묻던 내게 '우리가 비로소 계급투쟁에서 승리했을 때'라고 대답했던 친구들. 질문도 대답도 뜬구름 잡는 말이었지만 나는 그 말로 아주 오랜 시간 버틸 수 있었다. 소은의 집 거실에서 집주인은 빼놓고서 저들끼리 모여 떠들었다는 그들처럼, 우리도 그렇게 '뜻을 함께하며' 이야기를 나눴던 시절이 있었다. 이제 뿔뿔이 흩어져 버린 친구들이었다. 소은처럼 젤리를 까먹고 소은처럼 민소매에 카디건을 걸쳤던 친구들. 아마 아직도 그들 중 누군가가 내 곁에 있었다면 이렇게 말했을지도 모른다.

"소은이 그만 봐. 그렇게 집요하게 관찰했다가 나중에 또 네 글에 묘사하려고?"

생각해 봐야 일어나지 않을 일이었다.

산 58-1번지. 예술가의 뜰은 내비게이션 지도에서 랜드마크로 그려져 핀이 꽂혀 있었지만 좀처럼 가까워지지 않았다. 내비게이션은 자꾸 안내를 중단하며 길을 헛돌게 했다. 소은이 걱정스러운 기색으로 한숨을 폭폭 내쉬었다. 자기 휴대폰에 있는 지도 앱과 내비게이션을 번갈아

켜보며, 제대로 안내하는 곳은 한 군데도 없다고 했다.

"언니, 이거 재래식으로 가야 할 것 같은데요. 사람한테 물어보거나."

"사람 없는 거 같죠?"

"비둘기도 없는 것 같아요."

나는 가로등 아래 비상등을 켜고 차를 세웠다. 소은과 지도를 살펴보며 한참이나 찾아갈 길을 궁리했다. 초보 시절 일방통행 비탈길에 거꾸로 진입하고 진땀 흘리며 차를 돌리던 기억이 스쳤다. 레커차라도 불러야 할 것 같아, 그땐 그렇게 말했으나 지금 있는 곳엔 견인차도 오지 않을 것 같았다.

소은이 지도를 면밀하게 훑으며 방향을 알려주면 따라가는 식으로 겨우 구불구불한 길 몇 개를 통과했다. 이미 밤이 깊었다. 예술가의 뜰. 옛날식 폰트로 적힌 입간판을 발견하고 소은과 나는 동시에 탄성을 질렀다. 그제야 나는 관리인에게 전화를 걸었다. 초행이라 늦었다는 말에 관리인은 흐흐 하고 웃었다.

"정 힘들면 이야기하시지요. 저희가 마중 나갔을 텐데."

그런 생각은 차마 해보지도 못했다. 소은을 보자 그녀도 입을 비쭉 내밀었다. 긴장이 풀리자 슬슬 피곤해졌다. 나는 천천히 예술가의 뜰로 진입했다. 소은은 차창을 내렸다. 그럭저럭 시원한 여름바람이 끼쳐왔다. 소은은 작게 말했다.

"누구 하나 죽여도 모르겠는데요."

순간 뒷바퀴에 뭔가가 탁, 하고 걸렸다. 둔탁한 충격이 고스란히 전해져 소은과 나는 모두 악 하고 소리를 질렀다. 경험상 안다. 그다지 위험한 상황은 아니었고, 그저 차체의 흔들림이 심하게 느껴졌을 뿐이었다. 아마 돌부리 정도일 것이다. 딸꾹질을 할 때 누군가 갑자기 등을 후려치는 정도의 충격. 나는 별거 아닐 거라고 말하며 핸들을 돌렸다.

그땐 미처 깊이 생각해 보지 못했지만, 소은이 한 말은 단순한 농담이 아니었다. 누구 하나 죽여도 모르겠다는 말. 이토록 외진 산골에서 일어났다는 일. 자기 아빠가 가해자라고 하는 그 사건을 암시하는 말일 수도 있었다. 고등학생 소은에게 어느 날 한 통의 메시지가 왔다. 최효연의 딸 최소은을 수신인으로 하는 메시지는 은은한 경고를 필두로 끊임없이 고발을 이어 갔다. 그 시절 소은은 아침마다 그 메시지를 책가방에 넣고 등교하는 기분이었다고 했다. 마치 밀서를 넣은 것 같은 기분으로, 누구에게도 말하지 못한 메시지를 책가방에 봉인해 넣고는 불안에 시달렸다. 발신인은 말했다. 소은이 너 다 클 때까지 내가 기다려 준 거야. 이젠 너도 판단

할 수 있겠지. 네 아비가 저지른 잘못이 뭔지. 너희 집안이 누구의 피눈물을 먹고 평화롭게 살아왔는지 말이야. 소은은 고등학교를 졸업할 때 벗어 던진 책가방을 그대로 버렸다. 밀봉한 메시지를 꺼내 보지 않고 살기로 마음먹었다. 소은은 대학에 진학하지 않기로 일찌감치 결심했다. 공부에도 뜻이 없었거니와 대학에 가서 아빠 같은 어른들을 마주할 자신이 없었다. 폐인이 된 아빠는 아무런 참견도 하지 않았고 엄마도 소은의 결정을 존중해 줬다. 소은은 크루즈 승무원이 되는 것을 목표로 어학 공부와 다이빙 자격증 취득에 매진했다. 그러다가 아빠가 죽었다. 아빠가 죽고 나서야 소은은 자기가 벗어 던진 책가방에 여전히 밀봉되어 있는 메시지를 꺼내 볼 수 있었다. 두려움 없는 마음으로. 망설임 없이. 그녀는 내게 이 일의 진상을 조사한 후엔 정말로 멀리 떠날 수 있을 것 같다고 했다. 이미 취업이 결정되었고 두 달 후 승선이 예정되어 있었다.

노부부가 마당에 서서 플래시를 비췄다. 남편으로 보이는 자가 수신호로 주차를 안내했다. 나는 그가 지시하는 대로 차를 돌려 마당 한구석에 주차를 했다. 주차선 대신 작은 나무들이 심어져 있었다. 마당은 꽤 넓었다. 소은과 나는 그들의 환대를 받으며 예술가의 뜰로 입장했다. 남편이나 아내나 내게 가볍게 인사하고는 모두 호들갑스럽게 소은을 반겼다. 그들 역시 소은을 알아봤다. 소은은 육아일기 때문에 자기를 알아보는 모르는 사람들에 익숙했지만 아내의 말에 움찔하며 놀랐다.

"돌잔치 때 보고 처음 보네요."

소은은 그 말을 듣고 뭐라고 생각했을까. 시간이 흐른 후에도 나는 소은이 무슨 생각을 했을지 짐작해 보곤 했다. 지긋지긋하네, 정말. 이

인간들, 진짜 거기서 거기네. 혹은, 내가 이런 인간들에게서 뭘 알아낼 수 있을까. 소은은 그중 아무 말도 내뱉지 않았다.

예술가의 뜰은 그야말로 집이었다. 그러니까, 집이라는 뜻에 더욱 가까운 작가의 빌라보다 훨씬 더 일반 가정집 같았다. 현관에서 신발을 벗고 들어서면 작은 전실과 곧이어 너른 거실이 펼쳐졌다. 이층집이었고 층마다 방이 세 개씩 있었다. 그중 하나는 관리인들, 그러니까 주인네가 쓰는 방이었으므로 머무를 수 있는 작가는 고작 다섯인 셈이다. 마치 하숙집 같았다. 내가 머물렀던 작가의 빌라는 훨씬 더 큰 규모의 레지던시이기도 했지만 무엇보다 방들이 서로 떨어져 있었다. 식사 시간이나 술자리, 흡연 구역을 피한다면 다른 작가들을 굳이 마주쳐야 하는 공간은 아니었다. 예술가의 뜰은 애초에 그럴 수 있는 장소가 아닌 것으로 보였다. 나 같은 사람은 절대 잠시라도 머무를 수 없는 곳이었다.

소은은 더플백을 양어깨에 걸친 채 집구석을 휘휘 둘러보았다. 언뜻 본 그녀의 눈빛이 매서웠다. 그녀가 왜 여기에 왔는지 나는 알고 있었으므로 마치 사건 현장을 날카롭게 감식하는 형사의 눈빛과도 닮아 있다고 느낀 것이다. 그런 사정을 알 리 없는 관리인들은 소은을 위아래로 훑어보며 킬킬 웃음을 주고받았다. 아빠 최효연의 딸로 바라보고 있으니 그렇게 웃을 수 있는 것이다. 아내가 말했다.

"마침 정비 기간이니까 잘 오셨어요. 평소라면 두 분이 묵을 방을 내드리기도 어렵지요. 우리 집엔 작가들이 끊이질 않으니까."

우린 각자 안내받은 방에 짐을 풀고 나왔다.

거실 벽면에 커다란 책장이 있었다. 책장 상단에 커다란 글씨로 '예술가의 뜰에서 집필된 작품들'이라고 적혀 있었다. 책들은 모두 공평하게 꽂혀 있지 않았고 어떤 책은 누워 있고 어떤 책은 일어서 있었다. 이건 내가 평소 자주 쓰던 표현이었다. 대형 서점 평대에 일어나 있거나 누워 있는 책, 출간하자마자 보이지 않는 구석의 서가로 직행하는 책, 그런 이야기를 할 때 말이다. 중구난방인 모양새로 전시되어 있는 책장에서도 최효연의 책은 눈에 잘 띄는 곳에 벌떡 일어서 있었다. 절판된 구판 표지였다. 0세 소은의 얼굴이 커다랗게 박혀 있는. 최근 시중에서 판매되는 효연의 육아일기에는 소은의 얼굴을 대신해 여자아이 그림이 그려져 있었다.

아내는 팔을 뻗어 육아일기를 가리켰다. "드디어 주인공이 왔네요."

관리인들은 주방에서 음식을 끝없이 내오기 시작했다. 휴게소에서 식사를 했다고 하는데도 막무가내였다. 명절 상차림 수준이었다. 알배

추전, 육전, 굴전, 고구마전 같은 전들과 수북하게 쌓인 굴비구이, LA갈비구이 등이 상에 가득 차려졌다. 소은과 내가 상차림을 도우려 들자 아내는 손사래를 치며 냉큼 앉으라고 꾸짖었다. 남편은 웃으며 잘 먹을 준비나 하라고 말했는데 그 말은 은근한 위협으로도 들렸다. 하, 나는 작게 한숨을 쉬었다. 휴게소에서 우동을 먹은 터라 내겐 더 먹을 여유가 없었다.

소은은 아니었다. 분명 우동 국물까지 야무지게 다 먹는 걸 봤는데, 마치 반나절 굶은 사람처럼 허겁지겁 그들이 내어준 음식을 먹었다. 손가락으로 생선 가시와 고기 뼈를 발라내는 걸 지켜보다 물티슈 하나를 뜯어 내밀었다. 소은은 손가락을 쓱 문질러 닦고 다시 열심히 먹어댔다. 관리인들은 오랜만에 만난 손녀를 대하듯 흐뭇하게 소은을 바라보고 있었다. 소은을 제외한 모두가 먹는 둥 마는 둥 하며 시답잖은 이야기를 나누면서 소은을 계속 지켜보았다. 관리인들처럼 나도 소은을 주시했다. 소은이 여기 온 목적을 나는 잘 알고 있었다. 언제 터질지 모르는 시한폭탄이 거실 창밖으로 보이는 마당 어딘가에 숨어 있는 것 같았다. 바로 이 거실에서 소은의 아빠 효연과, 그와 비슷한 부류의 사람들이 끝없이 술을 마시며 놀았을 것이다. 밤인지 낮인지 구분도 없이. 불콰한 얼굴로 서로 아무렇게나 만져대고 기대고 뜬구름 잡는 소리를 끝도 없이 늘어놓으면서. 한없이 다정했다가 버럭 화내고 선 넘는 소리를 해가면서. 나는 술 자체를 못하기도 했지만 그런 술자리를 경멸하기도 했다.

어떤 사람은 너무 쉽게 '담가'지기도 했지만 어떤 사람은 너무 쉽게 모든 걸 용서받았다. 나는 그게 다 술자리 때문이라고 생각해 왔다. 지나치게 수준 미달인 작자가 있는데, 심지어 막상 진지하게 이야기를 나눠보면 모두가 딱히 좋아하는 사람도 아닌데, 그러니까 역량도 아량도 모두 별로인 인간인데 자꾸 눈에 보일 때가 있었다. 베스트셀러 순위에 진입하고 방송에 출연하고 업계 권위자에게 진지하게 인용되고 학위도 없는데 교수로 임용되곤 했다. 남다른 매력이 있나 보다, 싶었다가 결국 인적 네트워킹이 술자리에서 이뤄진다는 걸 알게 되는 경우가 종종 있었다. 수도권이 아닌 지역에 살아도 주말마다 열심히 기차를 타고 올라와서 술자리에 참석한다는 사람도 있었다. 그런 정도의 열정이라면 그것도 능력이겠거니 생각했다. 내가 죽어도 못 하는 걸 누군가는 쉽게 해낸다면 그건 당연히 그가 가진 달란트 같은 거라고.

효연 같은 사람에 관해선 나는 아무것도 판단하지 않으려고 했다. 그와 나는 모든 것이 달랐다. 나와 같은 세대의 사람들에게 들이대는 잣대를 그에게도 대볼 순 없었다. 그런 사람이 가진 기득권에 대해 도전해 봐야 뭣 하겠는가. 그에게 세상살이가 얼마나 쉬웠을까. 처음 본 젊은 작가에게 자기를 모르냐고 지껄일 수 있는 기세가 있다는 게 부러울 뿐이었다. 너무 부러울 땐 차마 질투조차 못 하는 법이다. 당연히 내게도 내재되어 있는 모순된 체념이기도 했다. 저 기득권에는 저항조차 못 한다는 은은한 체념.

그런 이유로, 소은이 말년의 효연을 묘사할 때 나는 당혹감을 느꼈다.

열등감 자체, 그러니까 세간에서 작가로 불리는 사람들의 열등감 같은 걸 한데 똘똘 뭉쳐 놓은 사념체 같았다고. 인간이 아니라. 소은은 아빠 효연의 말년을 그렇게 표현했다. 이 세상이 나를 짓밟으려고 애쓴다고, 아니 이 우주가

온 힘을 다해 자기를 망가뜨리려 협력하고 있다고. 효연은 어린 소은에게 그런 말을 했다. 그게 아니라면 이럴 수가 없다고. 그러면서 효연은 유튜브 영상에 빠져들었다. 소은은 한창 스마트폰이 재미있을 나이였지만 아빠를 생각하면 인터넷을 끊어야 하는 거 아닌가 생각했다. 아빠가 잠들었을 때 소은은 휴대폰을 가져가 그의 시청 목록을 봤다. 그는 온갖 종말론과 음모론을 집요하게 시청했다. 소은은 진지하게 아빠를 걱정했다. 등하굣길에 아빠 생각만 했다. 아빠가 보던 유튜브 영상 섬네일들이 머릿속을 바삐 지나갔다. 이건 정신병, 그중에서도 망상증의 전조라고 생각했다. 소은은 한참 고민하다 엄마에게 말했다. 보육교사인 엄마는 그 문제에 관해 보다 잘 알고 있으리라 생각했다.

"엄마, 혹시 아빠 조현병 아닐까."

"아니야."

소은의 엄마는 단칼에 아니라고 했다.

"내가 좀 찾아봤는데 피해망상이 심해지면 그쪽으로 갈 수도 있대. 아빠 가끔 그렇게 말하잖아. 다 자기를 죽이려 든다고. 다 씨발놈들이라고. 심지어 얼마 전엔 지욱 삼촌한테까지 누구 사주받았냐는 식으로 말하고……."

지욱 삼촌은 아빠와 가장 친한 대학 동기, 30년 지기였다.

"어쨌든 조현병 아니야. 걱정하지 마."

"그럼 뭔데? 엄마가 봐도 정상 아니잖아."

"그냥 안 풀리니까 좀 미쳤을 뿐이야. 네 아빠 조현병 걸리면 바로 격리시켜 놓을 테니 걱정 마라."

소은은 마치 남 일처럼 말하는 엄마가 야속하기도 했다.

"엄마 남편인데 걱정도 안 돼?"

"걱정돼. 엄마가 네 아빠 걱정하고 산 세월

이 수십 년이야. 너까지 걱정하지 마."

당연히 소은은 아빠를 생각하는 엄마의 마음을 함부로 미뤄 짐작할 수 없었다. 아빠가 헛짓거리하는 걸 훨씬 옛날부터 보며 참아온 사람도 자기가 아니라 엄마였다. 망상증이 아닐까 싶을 정도로 고장이 난 사람, 소은이 묘사하는 효연은 내가 기억하던 모습과 영 딴판이었다.

작가의 빌라에서 만난 여자. 효연은 그녀 때문에 이렇게 됐다고 중얼거렸다.

다들 약속했는데, 나쁜 새끼들. 어떻게든 그년 하나만큼은 담그겠다고. 술에 취한 아빠가 그런 말을 지껄일 땐 섬뜩하기도 했다. 담그다니. 조폭이세요? 소은은 그렇게 말하고 싶었다. 자극하지 않으려고 내버려두긴 했지만. 그 이야기를 들으며 나는 성장기의 소은이 안쓰럽게 느껴졌다. 모든 가정의 아이는 다양한 종류의 정서적 학대를 겪으며 살지만, 실패한 작가의 사

넘체와 함께 성장한 아이가 있을 줄은 미처 생각하지 못했다. 그 대목까지 듣고 나니 작가의 빌라에서 만난 여자가 설마 나였냐고 물은 게 무척 민망해졌다. 내가 누군가의 인생에서 그 정도로 중요한 인간일 리는 없었다.

마지막 휴게소를 지나며 했던 이야기들을 생각하며, 나는 소은을 물끄러미 봤다. 아직 돌도 씹어 먹을 나이라곤 하지만 지나치게 많이 먹는 것 같았다. 식탐이 너무 심한 거 아닌가. 교정 중이라 잘 씹지도 못하면서. 내 생각대로 그녀는 먹다 말고 가슴을 두드리며 기침했다. 얼굴이 새하얗게 질려 보여 나는 얼른 소은을 부축해서 화장실로 데려갔다.

"토할 것 같으면 토해요."

"아, 토하는 거 정말 싫은데."

"무리해서 자꾸 넣지 마요. 왜 그렇게 먹어요."

소은은 급기야 구역질을 했다. 나는 소은을 화장실에 밀어 넣고 얼른 문을 닫았다. 관리인들이 별일 없냐고 소리쳤다. 나는 소은 대신 괜찮다고 그들에게 대답했다. 마치 소은을 숨기려는 듯 나는 화장실 문에 기대섰다. 소은이 왝왝거리는 소리가 희미하게 들렸다.

잘 씹지도 못하면서, 그러다 진짜 탈 나요, 이제부터 자중, 나는 입을 닦고 나온 소은에게 속삭였다. 한참 토한 소은은 기운이 빠져 보였다. 혼자 나와 산다더니 단순히 진수성찬이 그리웠던 걸까. 그냥 저 나이대의 인간들이 흔히 그러듯 별생각 없이 행동한 것일 수도 있었다. 소은은 거실 바닥에 털썩 주저앉았다. 아내가 괜찮으냐고 재차 물었다.

"네. 괜찮아요. 오랜만에 너무 맛있는 집밥 먹어서 좀 흥분했어요."

"잘 먹고 다녀야죠. 삐쩍 곯아서는."

그 사소한 말 한마디가 소은을 건드렸다.

"뭘 걱정하시는 거예요?"

관리인들은 당황한 얼굴로 서로를 보았다.

"아니, 소은 양 건강하게 잘 먹고 다니라고요. 내가 못 할 말을 했나?"

아내가 어깨를 으쓱했다.

"선생님이 그러셨다면서요. 와이프고 딸내미고 생각 말고 작가로만 살라고. 그래도 된다고."

지켜보는 내 가슴이 몹시 두근거렸다. 어차피 애초에 소은은 이들에게 뭔가 따지러 온 게 맞았다. 나는 소은의 팔을 살짝 잡으며 말리는 척했다.

"최효연 그 인간, 정체가 뭐예요?"

소은은 관리인들을 쏘아보며 말했다. 그러자 그들도 낯빛이 몹시 어두워지더니 소은을 노려봤다. 문득 저택 안이 귀곡 산장같이 으스스하게 느껴졌다. 소은의 불손한 태도에 관리인들도 그만 이성을 잃었고, 교양 있는 척하는 말투를 내다 버렸다.

"이래서 자식이 문제야. 언제나 자식이 문제거든. 아이고, 불쌍한 인간. 멀쩡한 가정도 있으면서 왜 그렇게 죽었나 했더니."

"멀쩡한 가정 같은 걸 유지하게 도와나 줬어요, 당신들이? 무슨 레지던시니 나발이니 작가들 불러다 염병이나 떨고 술이나 궤짝으로 사다 날라주면서, 구경한 거잖아요. 예술가 병 걸린 인간들 노는 꼬락서니를. 무슨 집단 난교 관전하듯이."

관리인들은 소은의 말에 아연실색했다. 아내보다는 남편이 더 놀라 몸을 떨었다.

"아니, 딸내미, 왜 이래 정말?"

내가 끼어들었다.

"어르신들이 이해 좀 해주세요. 아직 어리잖

아요."

그 말을 하는데 묘한 쾌감이 일었다. 아직 어리다, 말할 만큼 소은은 지나치게 젊었다. 그들이 이해해야 했다. 나이도 먹을 만큼 먹은 작가란 인간들이 와서 온갖 추태 부리는 것도 다 이해했을 텐데, 최효연의 딸이 조금 건방지게 말하는 것 정도는 당연히 이해해야 했다. 내 생각엔 그랬다.

"아니, 술 마신 것도 아니잖아요. 지금 너무 심하잖아요."

마치 술에 취한 거라면 다 이해해 주겠다는 듯 지껄이는 그들의 말이 어이가 없었다.

"그래도 이해해 주세요. 최효연 씨 딸이잖아요."

내 말을 받아 소은이 말했다.

"저 육아일기도 여기서 썼다면서요. 나랑 엄마는 인천에 있는데. 최효연은 여기서 집필했다면서요. 이게 이상하다는 걸 선생님들은 정말 모르세요?"

나는 문득 이러다 정작 소은이 알아내고 싶은 건 못 알아낼지도 모른다는 걱정이 들었다.

"소은 씨, 이제 물어보세요. 그 사건."

그때 소은의 눈썹이 꿈틀하고 움직였다.

나는 순간 굳어버린 소은에게서 또렷하게 옛 친구의 모습을 봤다.

광장 이후 행사에서 나는 옛 친구 몇몇과 마주쳤다. 우린 어색한 웃음을 주고받았다. 손을 맞잡기도 했다. 지영의 손은 왜 이다지도 뜨거운가, 예나 지금이나. 나는 잠깐 생각했다. 예전보다 훨씬 야위어 보이는 지영의 손은 거칠고 딱딱했지만 오래전처럼 몹시 뜨거웠다. 여름에는 땀이 많이 나서 힘들다고 푸념하며 앞섶을 잡고 흔들던 지영. 늘 자신을 댄스동아리 메인—당시에는 센터라는 말은 없었다—이라고 얘기하는 버릇이 있었지만 그녀는 강성 선전선동 몸짓패인 '관상조'의 회장이었다. "댄-스 동아리, 틀린 말은 아니잖아?" 지영을 생각하면 항상 가장 먼저 떠오르는 말이었다.

건강하고 쾌활해 보이던 옛날과 다르게 다소 수척해 보이는 지영은 마이크를 잡고 섰다. 발언하기 전 마이크에 대고 "마이크 테스트." 하며 작게 속삭이는 모습도 옛날과 사뭇 달랐다. 나와 친구들, 예술대 학우와 광장의 시민 모두가 지영의 현란한 춤사위를 보며 열광했다. 광장에서 지영은 좀처럼 지칠 줄 몰랐고 역대 관상조의 회장 모두가 그랬듯 카리스마로 좌중을 압도하기도 했지만, 무엇보다 프로 댄서 같은 춤 실력으로 사람들을 놀라게 했다. 회화과에서 서양화를 전공하는 지영이 사실 아이돌 연습생 출신이었다는 사실은 친한 친구 몇몇만 알고 있었다. 처음 다른 친구에게 그 말을 전해 듣던 날도 생생하게 기억난다. "지영이 사실 춤추던 애잖아." 지영은 언제나 춤추던 애였는데, 긴요한 비밀을 건네주듯 말하던 친구의 음성. 〈바위처럼〉이나 〈얼굴 찌푸리지 말아요〉 같은 곡은 지영과 그다지 어울리지 않았다. 모두가 곧잘 따라 할 수 있는 비교적 간단한 동작보다는 〈불나비〉나 〈반격〉처럼 절도 있는 동작에 어울리는 곡이 지영을 가장 빛나게 했다. 지영의 트레이드마크인 긴 생머리와 검정 트레이닝복은 동작에 딱딱 맞아떨어졌다. 휘날리는 머리카락이나 검은 실루엣마저 하나하나 계산된 것처럼. 나는 지영의 무대를 선동가나 무용가보다는 고급 품새 기술을 시연하는 태권도 수련자의 몸짓으로 떠올리곤 했다. 그래서 지영의 몸짓은 흥을 돋운다기보다 차라리 숙연해지게 하는 힘이 있었다.

아이돌 연습생 시절에 관해 지영이 자세히 떠들어 댄 적은 없다. 그냥 '비어 있는' 시절이라고만 했다. 중학교를 자퇴하고 데뷔 준비를 했는데, 소속사가 갑자기 망해서 모두 뿔뿔이 흩어졌고 지영은 검정고시를 치렀다. 그러면서 미대 입시를 해서 대학에 진학했다. 드라마틱한 실패와 성과로 점철된 지영의 십 대 시절 이야기는 내게 경이롭게 느껴졌다. 지영은 그다지 잘난 척하지도 않았다. 세상에 이런 아이도 있구나, 나와 동갑인데. 평범하게 급식을 먹으면서 학교를 다니던 내가 듣기에는 놀라울 뿐이었다. 나도 학교를 관두고 싶다고 생각한 적은 몇 번 있었지만 검정고시를 치르는 수고를 하느니 매일 출석만 하면 졸업시켜 주는 곳이 훨씬 낫다는 결론에 다다르곤 했다. 내 또래 아이들은 대부분 그렇게 사는 줄로만 알았다. 그런 아이들이 절대다수라곤 해도 그것이 얼마나 순응적인 태도인지 나로서는 깨달을 길이 없었다. 꿈을 위해, 장래 희망을 위해, 그런 것도 그저 어른들이 늘어놓는 느끼하고 허울 좋은 말이라고만 생각했다. 지영처럼 일찍이 자기 꿈을 가진 아이를 내가 사는 동네에선 도통 볼 수 없었다. 지영은 자신이 살던 지역에서 이른 나이부터 집회에 참여했다. 빼어난 실력을 갖추고 있었지만 댄서가 될 수 없었던 지영은 작은 광장에서, 자기 춤을 보러 모여드는 시민들을 보며 희열을 느꼈다.

춤을 잘 추는 건 잘 추는 거고 어떻게 그림까지 잘 그릴 수가 있냐. 지영은 늘 자기가 한참 부족한 전공생이라는 듯 말했지만, 서로 전공이 달랐던 친구들은 항상 입을 모아 지영의 다재다능함을 칭찬했다. 나는 논픽션을 썼고 누구는 극본을 썼고 누구는 영화를 찍었고 누구는 사진을 찍었다. 우리는 신입생 시절 첫 번째 등록금 투쟁 집회 직후 학과 연합 행사 모꼬지에서 만났다. 나 말고 모두가 관상조 멤버들이었다. 나는 그들을 열심히 따라다녔다. 춤을 추고 노래를 하고 대자보를 만들고 현장을 사진과 영상으로 남기는 친구들에 비해 나는 또 얼마나 부족한가, 나는 정말이지 친구들에 비해 아무것도 할 줄 아는 게 없는 것만 같았다. 글쓰기도 재능이라면 재능이겠지만 다른 분야를 전공하는 친구들에 비해서는 손에 잡히고 눈에 보이는 재능이 아니었다. 대학을 졸업한 이후 전공을 살려 논픽션 작가로 데뷔했을 때에야 비로소 열등감을 조금 내려놓을 수 있었다. 모꼬지 친구들 대부분 각자의 분야에서 데뷔하는 쾌거를 이뤘다.

   그 친구들 모두가 작가의 빌라에 나보다 먼저 다녀왔다. 짧게는 한 달에서 길게는 반년까지 작업에 매진하러 간 것이었다. 더러 그저 쉬러 가는 경우도 있었다. 친구들은 나보고 노트북 하나만 들고 갈 수 있어서 좋겠다고 했다. 지영만 하더라도 유화 작업을 하느라 한 짐을 싣고 갔다. 오빠에게 물려받은 오래된 경차에 이고 지고 갔다고 했다. 그래도 차가 있어서 나보다는 형편이 나았을 것이다. 정말이지 그곳은 차가 없으면 한 발짝도 움직일 수 없는 곳이었으니까.

그날 밤, 최효연이 내 방문을 쾅쾅 두드리던 날 밤 나는 지영에게 전화를 걸었다. 지영은 내가 작가의 빌라에 입소하기 불과 한 달 전 퇴소했다. 입소한 날 통화하며 이미 최효연에 대해 이러쿵저러쿵 흉을 본 터였다. 이름이 같다고 불편한 모양인데? 지영은 내 말에 피식 웃으며 말했다. 우린 그렇게 늙지는 말자. 때로 문자를 보내기도 했다. 최효연 오늘도 식사하면서 히스테리 장난 아님. 지영은 미술계 선배 중에도 쌍

둥이처럼 닮은 꼰대가 있다는 이야기를 길게 들려주기도 했다. 뭐가 됐든 늙어서 추해지면 서로 암살해 주기. 우리는 그런 말을 농담으로 나눴다.

너무 늦은 밤이었다. 김효연 선생, 있는 거다 아니까 문 좀 열어봐요. 나는 최효연의 행동에 아연실색했다. 인간이 도대체 얼마나 제멋대로 살아왔으면 저럴까. 어떻게 저런 행실머리를 가졌단 말인가. 물론 따지고 보면 더한 사람들도 있었다. 그러나 그때 사방이 산으로 둘러싸인 작가의 빌라에서 내가 느낀 공포감은 이루 말할 수 없이 지독했다. 쿵쿵 두드리는 소리를 뒤로하고 발코니 너머를 바라봤다. 어둠뿐이었다. 밝아져 봐야 허공일 터였다.

나는 최효연에게서 최대한 멀어지려고 발코니 끝으로 가서 지영에게 전화를 걸었다. 신호음만 울릴 뿐 받지 않았다. 새벽에도 깨어 있곤

하는 지영이었다. 지영은 한참 만에 전화를 받아서 졸린 듯 푹 꺼진 말투로 말했다.

"서울 왔어? 이 시간에 왜······."

그냥 우연일 뿐이었다. 지영이 나를 외면하려고 한 것도 아니고, 마침 그날 그 시각에 지영은 평소와 사뭇 다르게 피곤했을 뿐이었고 그러므로 조금 퉁명스럽게 말해버렸을 뿐이었다. 최효연이 문을 열라고 위협하며 소리를 지르던 그때, 아무도 나를 도와주지 않았던 그 순간에 하필이면.

"소리 들려?"

"무슨 소리?"

"최효연이 나더러 문을 열어달래. 안에 있는 거 다 안다면서."

"소은아, 그 교수 있잖아."

내가 떨면서 말하는데도 지영의 목소리에서는 좀처럼 잠이 달아나지 않았다. 지영은 하품

하며 말했다.

"그 영문과 교수, 그 사람한테 좀 도와달라고 해봐. 생각보다 합리적이야, 그 여자."

"나 그 여자 전화번호 몰라."

"아, 그래? 어쩌지……."

지영은 잠시간 침묵하다 말했다.

"미안. 나도 모른다."

나는 그 순간 전화를 끊어버렸다. 왜 그랬는지 그때도 지금도 나는 정확히 알지 못한다. 나는 정말 기겁하듯 전화를 냅다 끊어버렸다. 최효연은 소리를 지르다가 돌아갔다. 나는 밤을 꼴딱 새우고 아침과 점심을 모두 걸렀다. 모두 둥글게 모여 앉아 밥 먹는 꼬락서니를 보기 힘들 것 같았다. 나는 종일 지영에게 문자가 오길 기다렸다. 그러나 지영에게선 도통 기별이 없었다. 나는 가슴 졸이며 일주일을 기다렸다. 지영에게서 연락이 오지 않았다. 내가 먼저 전화를 걸었다. 평소처럼 시답잖은 이야기를 나누다가 말을 꺼냈다.

"지영아, 나 서운했어. 걱정 안 해줘서."

"뭘?"

지영은 내게 뭘, 이라고 물었다.

"밤에 최효연이 문 두드렸다고 했었잖아."

아, 하고 지영은 짧게 탄식했다.

"아, 나 정말로 잊고 있었다. 그날따라 내가 일찍 잠들었던 것 같아. 정말 잠결에 받아서 최효연 어쩌고만 어렴풋이 기억났어. 별일 없는 거지?"

"그냥 그날 그러고 말았어. 나만 몇 번이나 밥도 못 먹고. 다들 모르는 척하고."

"그래, 그렇지 뭐."

그렇지 뭐, 라는 지영의 짧은 말이 나를 사로잡았다.

"진짜 걱정 안 하는 것 같은데, 너."

"별일은 없었던 거잖아, 그래도. 다행히. 그렇지?"

지영은 사려 깊게 말하려고 애쓰고 있었다.

"앞으로는 널 서운하게 하지 않도록 더 주의할게. 그런데 일단 별일 없었으니까 너무 신경 쓰지는 말자."

"아니, 그러면 내가 겪은 일은 정말 별일이 아니야? 나오라고 위협하고 여기 있는 인간들은 그걸 다 알면서 모른 척하는데……."

"정말로 더 심한 일들도 많으니까 그렇지. 알잖아. 꼰대들."

그래, 나는 더 할 말을 찾지 못하고 체념하며 대답했다. 다행히 퇴소까지 며칠 남지 않았다. 한참 고민하다가 사진 찍는 친구에게 데리러 와달라고 부탁했다. 원래는 들어올 때처럼 캐리어를 끌고 나갈 예정이었으나 그런 모습조차 눈에 띄고 싶지 않았다. 제법 이른 아침에 짐을 신고 있는데 허공에서 소리가 들렸다.

"오늘 효연 작가 나가?"

돌아보자 어느 호실 발코니 끝에 두 중년 작가가 서 있었다.

"오늘 가는 거야? 몰랐네."

"네, 선생님들 안녕히 계세요."

"효연 작가 첫 책 잘되길 바랄게."

거기 있는 모든 인간을 원망했는데, 그 말에 울컥해 버렸다. 최효연의 폭력은 모른 척해도 첫 책이 잘되기를 진심으로 응원하는 사람들의 말과 그 말에 흔들리는 내가 짜증 나서 입술을 질끈 깨물었다. 나는 고개를 꾸벅 숙이고 차에 올라탔다.

나는 운전하는 친구에게 지영의 흉을 봤다. 그냥 우연이겠지, 뭐, 하고 덧붙였는데 친구는 한술 더 떠서 지영을 흉봤다. 누가 자리에 없으면 흉도 보는, 우린 그런 편한 친구들이었다. 친구는 혀를 차며 말했다.

"원래 지영이 걔가 좀 그런 구석이 있어. 감당 안 될 것 같으면 모른 척해 버리는 게."

"그랬나? 난 진짜 그렇게 느껴본 적이 없는데."

"걔가 그렇게까지 정의롭지가 않아, 생각보다. 그리고 그 아저씨 얘기잖아."

친구는 시를 벗어나는 나들목 입구에서 룸미러를 흘낏 보며 말했다.

"최효연 아저씨."

"지영이랑 뭐 있어?"

"지영이도 여기 살 때 그 아저씨랑 싸운 적 있을걸. 자세히는 모르는데 아마 더 엮이기 싫어서 모른 척한 걸 거야."

나는 그 말을 믿고 싶지가 않았다. 우연이 아니라 부러 외면했을지도 모른다는 그 말을.

"아니, 나 안 믿는다. 그냥 졸려서 그런 거라

고 생각할래."

운전하는 친구는 미소 지으며 그래, 하고 말했다.

"나도 잘 모르지. 그 상황에 없었으니까."

나는 머리를 뒤로 젖혔다. 친구가 매달아 둔 목베개가 푹신하게 목을 받쳤다.

"운전하는 거, 어렵니?"

시속 120킬로미터까지 밟으며 질주하던 친구는 뭐어? 하고 말끝을 늘이며 물었다.

"나도 운전할까?"

그날 처음으로 차를 몰아야겠다고 생각했다.

갑자기 소은이 푸, 하고 숨을 뱉었다. 나는 그녀에게 과호흡 증상이 온 줄 알고 깜짝 놀랐다. 조수석에 앉은 소은은 숨 참기 연습을 했을 뿐이라고 말했다. 지금 이런 와중에? 프리다이빙에 필요한 연습이었다. 숨을 힘껏 참았다 뱉은 소은의 얼굴이 붉게 달아올라 있었다.

"죄송해요. 이게 제 도피처라서."

우리는 아직 예술가의 뜰 마당에 세운 차에 나란히 앉아 있었다.

관리인들은 금방 차가 나갈 줄도 모르고 입구에 농사용 픽업트럭을 댔다고 둘러대며 조금만 기다리라고 했다. 이렇게 마당이 넓은데 굳이 입구에 댔다니. 혹시 우리를 감금하려는 것이 아닐까? 시커먼 밤의 시골 외진 저택이랑 어울리는 으스스한 괴담이 생각나려고 했다. 좀 전까지 거실에서 관리인들에게 격정을 쏟아내던 소은이 괜찮은지 염려되었다.

"좀 어때요?"

소은은 아직 가쁜 숨을 몰아쉬며 대답했다.

"고구마 100개 먹은 것 같아요. 괜히 왜 왔나 싶고."

정신없이 집어 먹고 토하던 모습도 생각났다.

"내가 정말 나이브했구나. 말해줄 거라고 생각한 내가 잘못이에요. 아빠 말도 맞아요. 다 꼬리 아홉 개 달린 여우들이라고. 자기랑 놀던 인간들은 다 그런 놈들이라고 했거든요."

소은은 자기 아빠 말을 인용하고 있었다. 나는 소은을 위로하려고 했다.

"어쨌든 말 잘했어요. 소은 씨가 틀린 말 한 거 하나도 없어요."

"언니도 궁금했죠?"

"최효연 씨 사건이요?"

"네, 언니가 오히려 더 궁금해 보이던데요."

나는 대답하지 않고 차창을 전부 열고 휴대용 재떨이를 꺼냈다. 소은에게도 담배를 피우겠냐고 묻자 그녀는 사양했다. 나는 두 번 묻지 않고 혼자서 담배를 태웠다. 관리인들은 차 한 대 빼는데 꽤나 시간을 끌고 있었다. 담배 한 개비가 거의 다 타들어 갈 즈음, 드디어 차가 빠지는 모습이 보였다. 나는 담배를 끄고 차를 출발시켰다. 액셀을 밟는 순간 뒷바퀴에 또 뭔가가 걸렸다. 주차선을 대신하는 작은 나무를 건드린 것 같았다. 될 대로 되라지 싶었다. 도리어 나무를 야무지게 밟아버리고 싶다는 생각이 스쳤다.

한바탕 소동이 있었지만 마치 아무 일도 없었다는 듯 관리인들은 차가 나가는 길을 수신호로 안내해 주었다. 그들 부부가 내 차를 한참 지켜보는 모습을 백미러로 확인했다. 구불구불한 길을 자연스레 빠져나갔다. 들어올 땐 진땀 뺐지만 나갈 땐 생각보다 수월했다. 소은은 차창에 얼굴을 걸치고 바람을 쐬고 있었다.

"소은 씨, 속이 후련해요?"

"언니는요?"

시내에 접어들었다. 문득 다리가 후들후들 떨리는 것 같았다. 자꾸 담배 생각만 났다. 소은이 내게 다시 물었다.

"컨디션 별로 안 좋으시죠? 잠깐 세워요."

잠깐 세워요, 소은의 말이 이명처럼 울리는 듯했다. 이마에 식은땀까지 맺혔다. 나는 소읍 시내 갓길 중 그나마 가로등이 환한 데를 찾아 차를 세웠다. 소은은 연신 자기가 운전하겠노라고 했다. 흘낏 보는데 안전벨트를 하지 않은 게 눈에 들어왔다. 그런데 왜 경고음이 안 울렸지? 생각했다가, 소은이 벨트를 버클에 채우기만 한 채 그 위에 앉아 있었다는 사실을 알아차렸다. 도대체 왜 저렇게까지, 순간 절규라도 하고 싶은 기분이 들었다. 나는 핸들에 머리를 박고 몸을 숙였다.

"소은 씨 대체 뭘 물어보고 싶었던 거예요?"

나는 핸들에 이마를 꽂은 채로 물었다.

"아빠 사건 말이에요. 내용은 다 알고 있다면서요. 피해자가 바라는 건 오직 소은 씨가 아는 것뿐이라고, 다른 건 다 용서하겠다고 그랬다면서요. 뭘 더 어떻게 알아낼 수 있을까요?"

소은은 나지막하게 말했다.

"언니도 아시잖아요. 답 없는 질문만 계속하는 게 뭔지. 내 눈으로 시체를 보려고 온 힘을 다해서 땅을 파는 거. 그런 저 이해하니까 따라오신 거잖아요."

"내가 뭘 이해해요?"

내 말이 나에게도 차갑게 들렸지만 어쩔 수 없었다. 소은은 내 등에 손을 갖다 댔다.

"언니 너무 피곤하신 것 같은데 쉬었다 가야겠어요. 밥도 잘 안 드셨잖아요."

소은은 숙박업소 앱을 몇 번 두드리더니 내게 화면을 보여줬다.

"여기 1박에 오만 원이에요. 컨디션도 가격치곤 그럭저럭 괜찮은 것 같아요. 얼른 가요."

나는 내비게이션에 소은이 불러주는 주소를

찍어보았다. 고작 1.3킬로미터 근방에 있는 모텔이었다. 별수 없이 시동을 걸었다.

소은 말대로 저렴한 숙박업소치곤 나빠 보이지 않았다. 베갯잇과 이불보를 손으로 쓸어보았다. 경험상 싸구려 모텔은 침구가 가장 큰 문제였다. 잘못하면 온몸에 두드러기가 올라오기도 했다. 먼지나 보풀이 일지 않고 보드라운 편이었다. 그나마 안심하며 테이블에 앉는데 마주한 소은이 니트를 훌렁 벗었다. 나는 눈을 질끈 감았다. 감으며 생각했다. 팔에 그려진 꽃이 뭔지 물어보려고 했는데 잊어버렸구나. 그러나 다시 물어볼 용기가 나지 않았다. 소은의 몸을 흘낏거렸다는 고백밖에 되지 않을 것 같아서. 눈을 질끈 감기 전 나는 브래지어를 하지 않은 소은의 가슴을 봤다. 마치 그 타투 색깔처럼 언뜻 푸른 젖꼭지까지. 나는 고개를 떨구고 말았다.

닥쳐오는 이런 느낌이나 생각조차 지긋지긋하다. 옛날 언젠가 지영이 내게 일갈했었다. 너는 그토록 여자 몸에 관심이 많으면서 끝내 스스로를 이성애자라고 규정짓고 살아가는 것도 희한하다고. 내 글에 묘사되는 여성의 신체가 사람들을 불편하게 만들 수도 있다고. 소설가나 시인처럼 묘사를 통해 창조하는 것보다 더 위험할 수 있다는 것을 정녕 모르느냐고, 지영은 내게 그런 날카로운 질문을 던진 적 있었다. 민소매를 입고 걸어오는 소은을 운전석에 앉아 바라볼 적에도 나는 그런 생각이나 하고 있었던 것이다. 약간 파란, 하얀 몸 따위에 대한 생각. 소은이 돌아서지도 않고 나를 바라보며 옷을 벗는 행동 따위에도 나는 기묘한 자극을 받았다. 소은 쪽을 보지 않으려고 하는데 그녀가 킬킬 웃었다.

"저 옷 다 입었어요."

소은은 모텔 화장실에 걸려 있던 가운을 걸친 채였다. 자기가 아름답다는 걸 너무 잘 아는 여자의 행동, 그런 행동을 경원시하는 나 같은 사람. 소은은 창문을 열며 담배를 물었다.

"호텔보단 모텔이 편하죠. 담배도 피울 수 있고."

"벌써 호텔도 가봤어요?"

"아뇨. 안 가봤어요. 애들한테 말만 들었어요."

나는 피식 웃고 말았다. 소은이 나를 똑바로 쳐다보며 말했다.

"제가 얘기 안 했죠? 저 사실 언니 책 다 읽었어요. 중학교 때부터 언니 알고 있었어요."

나는 자세를 고쳐 앉았다. 이런 말을 들으면 자동으로 나오는 대답.

"그래요? 읽어줘서 정말 고마워요."

"중학교 때 아빠랑 도서관 갔는데, 아빠가

건방진 년이라고 하면서 언니 책을 보여주더라고요. 장르도 겹치는데 필명을 똑같이 쓴다고 하면서요."

아무리 인용하는 말이라고 해도 건방진 년이라는 말을 들으니 언짢아졌다. 곧장 맥 빠진 나는 자세를 풀었다.

"그런데, 장르 안 겹치는 건 알죠?"

"아, 알죠. 언니는 레즈비언인데."

나는 화들짝 놀랐다.

"저 레즈비언 아니에요."

"아, 네. 그것도 알아요. 레즈비언 아닌데 자꾸 그런 방식으로 글 쓰는 작가."

소은이 자꾸 깔짝깔짝 선을 넘는 게 몹시 거슬렸지만 인내하고 있었다. 소은은 최효연의 말년에 대해서 마저 들려주었다. 죽기 1년 전부터 최효연은 곡기를 끊고 소주만 마셨다. 차라리 와인이나 막걸리 같은 과실주나 곡주라면 그나마 나을 텐데, 소은은 생각했다. 초록색 소주병이 집 안 곳곳에 뒹굴었다. 엄마나 소은은 더 이상 그것들을 치워주지 않았다. 우리 집은 이런 집이구나, 이런 쫄딱 망한 집구석이구나, 인정하고 나니 차라리 마음이 편했다. 아빠는 자기가 무시하던 친구가 운영하는 가게에서 주문한 건어물만 가끔 먹었다. 그 친구는 진작 낙향해서 어촌에서 마음 편하게 산다고 했다. 소은은 아빠 말을 믿지 않았다. 자기 빼곤 모두 다 잘나가고, 잘 풀리고, 안되면 마음이라도 편하게 산다고 생각하는 사람이 아빠였다. 어촌에서 힘들게 자영업 하는데 마음이 편할 리가, 소은은 생각했다. 낚시를 한 물고기로 매운탕을 끓여 먹는 그 친구의 브이로그도 아빠가 즐겨 보는 유튜브 영상 중 하나였다. 마치 고행이라도 하듯 곡기를 끊은 사람이 일주일에 한 번씩 친구의 업장에서 물건을 배송시킨다는 건, 그것도 나름

대로 의리라고 할 수 있는 걸까. 소은은 그게 아빠나 아빠 친구들의 우정 방식인가 생각해 보기도 했다.

아빠가 곡기를 일절 끊고 소주와 건어물만 먹은 것도 지독한 자기 통제 욕구라는 걸 소은은 그가 죽고 나서야 깨달았다. 언젠가부터 세상은, 아빠 말대로라면 그를 따돌리고 외면하는 방식으로 돌아갔다. 평생을 천재로 살아온 최효연을 배제했다. 그를 배제하는 것이 마치 세상이 옳게 되는 길인 양. 뜻대로 되는 게 없으니 자기 신체를 통제한 것일지도 모른다고, 소은은 그가 떠난 후에 생각했다. 결국 자기 신체마저 망가뜨리고야 말았지만 그에겐 그것만이 유일한 통제 수단이었을지도 몰랐다. 소은은 아직 아빠가 죽지 않고 살아 있는데도 일찌감치 마음속으로 이른 장례를 준비했다. 그나마 바깥 공기를 쐬던 몇 년 전 일을 자꾸 떠올리고 추억하면서.

 소은이 중학생이 되자 아빠는 틈틈이 소은을 데리고 공공도서관에 갔다. 인천, 부천, 김포, 인근 서울 도서관까지 되는대로 돌아다녔다. 아빠는 소은의 이름으로 공공도서관에 회원 가입을 하고 자기 책을 구매 신청하도록 시켰다. 최효연의 육아일기는 그 어떤 도서관에 가도 몇 권씩 비치되어 있었다. 그러나 다른 책들은 비교적 신간마저 없는 경우가 태반이었다. 어느 날은 특정 지역의 제1동부터 제5동까지 돌며 회원 가입을 했다. 아빠는 자기 책을 집요하게 검색하고 구립 도서관의 시스템에서 상호대차 여부까지 일일이 확인하는 데 그치지 않고 동료들 책까지 검색하곤 했다. 소은과 함께 나란히 검색대에 서서. 당시에 소은은 그게 슬프거나 비참한 일이라고 생각하지는 않았다.

 "이게 우리 집 사업이니까, 나도 좀 컸으니

까 아빠를 도울 줄도 알아야 한다고 생각했죠."

나무도서관, 풀잎도서관, 목련도서관, 앵두도서관 등 아름다운 이름을 가진 도서관들을 순방하며 아빠는 수시로 욕을 지껄였다. 특히 주차장에서 아빠의 분노는 극에 달했다. 주차장 통로에 차를 세우고 아이를 픽업하는 차를 보며 아빠는 쌍욕을 했다.

"저런, 여편네들이건 애새끼들이건 책이라곤 한 자도 안 읽으면서 길 막고 저 지랄 하는 거 봐라."

제법 큰 도서관 건물에 다양한 상업 시설이 입주해 있는 걸 보고도 욕했다. 엘리베이터가 늦게 오거나 아이들이 뛰면서 길을 막으면 곧 소리 지를 기세로 인상을 찌푸렸다. 항상 마스크를 낀 채 중얼중얼 욕하곤 했다.

"이런 시팔, 정부 지원금 받아서 키즈 카페나 한다고 이 지랄이지, 이거."

그런 날들 가운데 소은은 내 책을 처음 봤다. 김효연. 건방진 신인 작가가 아빠의 본명을 따라 필명을 지었다고 하는 말을 소은은 믿지 않았다. 어렸지만 그 정도 분별력은 있었다. 앞 날개에 새겨진 여성 작가의 사진과 이름을 살펴봤다. 소은 자신보단 어른이었지만 아빠 효연보단 훨씬 젊은 작가의 초상. 소은은 생각했다. 이제 아빠의 시대는 저물고, 자기 집 가세도 기울테고, 대신 이런 못생기고 뚱뚱한 여성 작가가 뜨는 시대가 오는구나. 어느 날부터 작가인 친구들과 만나지도 않고, 책을 읽지도 않으며 무엇보다 레지던시에 가지 않는 아빠는 좁은 서재 한구석을 가득 메운 책장에 꽂힌 책처럼 먼지 쌓이며 그대로 닳아 가겠구나.

못생기고 뚱뚱한 여성 작가.

소은은 나를 그렇게 표현했다. 이번엔 누구의 말을 인용하는 것조차 아니었다.

소은이 걸친 목욕 가운은 마치 원래부터 그녀의 것이었던 양 잘 어울렸고 편해 보였다. 가운을 걸치고 다리를 꼬고 담배를 피우는 소은과 달리 나는 옷을 갈아입지도 못한 채 의자에 몸을 불편하게 구겨 넣고 앉아 있었다. 그래, 많이 들었던 말이다. 옛날부터. 첫 책을 냈을 때 기사에 500개 넘는 악플이 달렸다. 책과 저자가 물아일체라고. 그런 못생긴 글 쓰는 작가. 그런 못생긴 얼굴로 쓰는 글. 하다못해 지영마저도 그러지 않았나. 자기는 돌려 말하는 줄 알지만 가슴에 대못 박는 말을 할 때가 한 번씩 있었다.

"소은아, 자꾸 여자 밝히는 글 쓰면 사람들이 오해할 수도 있어."

지영이나 여기 내 앞에 있는 소은 같은 여자들은 결코 알 수 없을 것이다. 그런 말을 들었을 때 화가 나기보단 눈치가 먼저 보이는 나 같은 인간들의 심정을. 아주 어려서부터 그저 빨리 지나가기를, 이 무안하기 짝이 없는 시간이 어서 흘러가기만을 바라는 마음을. 또한 그러니까 대놓고 말할 수 있는 거라고 생각했다. 도통 반격하지 않는다는 것을 알 테니까.

소은의 팔에 그려진 꽃이 소매에 언뜻 가려졌다 나타나곤 했다. 나는 딱 한 번 용기 내서 지영에게 말했었다. 환영받지 못해도 좋은데 존중받고 싶다, 어디에서든. 아주 오랜만에 광장 이후 행사에서 만났을 때 맞잡은 지영의 손의 감촉이 떠올랐다. 뜨겁고 또 거칠고 뼈마디가 만져지는 것처럼 딱딱한 지영의 손. 그 생각을 하는데 소은이 말했다.

"작가의 빌라에서 만난 여자요."

나는 소은의 말을 끊고 그녀에게 물었다.

"혹시 미술 하는 오지영이에요?"

"이름은 몰라요. 저는. 미술 하는 여자는 맞아요. 그 여자가 그랬대요. 아빠한테. 퇴물이라고. 사람들 다 있는 식사 자리에서. 밝혀지지 않은 성범죄자 주제에 나대지 말라고. 성범죄자라니요, 아무리 우리 아빠가 재래식 예술충이라고는 해도 성범죄자라고 하는 건 아니죠. 예술가의 뜰에서 있었던 일도 성범죄는 아니었어요. 아빠가 사람을 패긴 해도 여자를 건드리지는 않아요. 그건 저한테 계속 메시지 보내던 그 피해자도 한 말이에요. 사람을 그렇게 단정 지어 말하고 무작정 혐오해선 안 되는 거잖아요. 그 일만 아니었어도 아빠는 그냥 그럭저럭 살았을 거예요. 자기 잘 안 나간다고 푸념하는 작가들 술자리 많잖아요. 레지던시 가서 비슷한 처지인 사람들이랑 그렇게 놀면서 살았어도 좋았을 거라고 생각해요."

나는 소은의 말을 또 끊었다.

"그러면 소은 씨, 아빠가 그렇게 죽은 게 다 오지영 때문이라고 생각하는 건가요?"

"아니겠지요."

소은은 시무룩하게 말했다.

"다 그거 때문만은 아니겠죠. 아빤 나 때문이라고도 했고, 비평하는 애들 때문이라고도 했고, 어느 날은 또 그 모든 사람이 은인이라고도 했으니까. 맞아요. 아빠를 죽인 건 아빠 본인이죠, 뭐. 그래도 생각해 보는 거예요. 그 일이 없었다면 그래도 좀 나았을까."

소은의 눈에 눈물이 맺혔고 나는 당황했다.

"언니, 전 이만 잘게요. 우리 좀 일찍 일어나서 출발할까 봐요."

이미 깊은 밤이었다.

내가 당황한 까닭은 소은이 갑자기 눈물을 비쳐서가 아니었다. 나도, 내가 지영과 멀어진 까닭에 관하여 정확히 알지 못한다. 소은이 아빠가 망가진 이유에 대해 정확히 모르듯. 작가의 빌라에 드나드는 무수한 작가 중 '미술 하는' 젊은 여성이 지영만 있는 것도 아닐 터였다. 나는 소은이 말하는 그 여자가 지영일 리가 없다고 생각했다. 소은의 묘사—그 역시 전문에 의거한 것이었지만—에 등장하는 여자는 지영과 캐릭터가 달랐다. 지영으로 말할 것 같으면 언제나 어른들에게 잘했다. 대학 시절, 몸짓패를 하던 시절에는 좀처럼 알지 못했던 사실이었다. 지영이 그렇게도 '웃어른'이나 '선배'를 잘 챙길 수 있다는 사실. 야간작업을 한다고 날밤을 새우고도 전시나 학회에 갈 때 그 사람들에게 줄 선물을 머릿수대로 사 가고 특히 따르는 후배들이 적은 아웃사이더일수록 각별히 신경 써서 연락하고 만난다는 걸 다른 친구들에게 들어서 알게 됐다. 비록 장르는 달랐어도 그런 지영이 사람들이 많은 자리에서 최효연 같은 자에게 함부로 행동했을 리는 없었다. 그러나 내가 작가의 빌라를 퇴소하던 날 데리러 온 친구가 했던 말도 여전히 또렷하게 기억하고 있었다. 최효연과 지영이 싸운 적 있었다고. 아마 그래서 적당히 홍보는 것 말고는 그에 관한 일에 심정적으로 간여하는 것을 꺼릴 거라고. 나는 지영에게도, 그 말을 전한 친구에게도 예전처럼 편하게 연락해서 물어볼 처지가 아니었다. 그들끼리는 여전히 친한 모양이었으나 나는 그들 바깥으로 떨어져 나왔으니까.

광장 이후 행사에서 마주친 친구들은 내게 아무것도 묻지 않았다. 억지 눈웃음을 지어가며 알은체를 하거나 덥석 손을 잡거나 어깨를 툭툭 치고 곧장 스쳐 갈 뿐이었다. 구질구질한 사생활부터 작업에 관한 고민까지 밤을 새워 나누던 친구들. 어느 날 광장에서 선물처럼 쏟아져 내리는 햇빛을 함께 만끽하던 친구들. 같은 대오에 서 있었고 특정 깃발을 함께 멀리하며 우리끼리의 진영을 형성했던 친구들. 그러나 어느 날부터 누구는 누구의 특별한 제자가 되고 누구는 특별히 주목받는 작가가 되어 바빠지고 누구는 급기야 몸짓패의 활동을 부정하며 그것이 마치 젊은 날의 치기였다는 등 후회하는 칼럼을 발표했다. 벌써 후일담이라니 이건 정말 말도 안 된다, 나는 마지막으로 연락한 친구에게 그렇게 말했다. 비로소 몸짓패의 모두와 연락이 끊겼을 때 나는 생각했다. 아마 모든 옛사람이 그렇게 말하지 않았을까, 후일담은 너무 이르다, 마치 혁명은 언제나 시기상조라는 말처럼. 모두가 부른 돌림노래 아니었나.

    소은은 눕자마자 잠들었다. 입을 쩍 벌리고 코를 우렁차게 골고 있었다. 아까 본 소은의 젖꼭지가 자꾸 아른거렸다. 옛날 지영이 말한 대로 나는 여성과 성적인 관계를 맺어본 적이 단 한 번도 없었다. 내 머릿속에 더러운 욕망이 꿈

틀거린다면 여성의 육체를 성애적으로만 묘사하는 데 안달한 작품 따위를 너무 많이 봐서일 터였다. 그렇다고 생각하면서도 나는 여성의 육체에 관한 상세한 진술을 자제하지 못했다. 그게 어떤 사람에게는 불쾌하게 느껴지는 지점이었다. 레즈비언도 아니면서, 여성의 육체를 지나치게 음침한 시선으로 탐한다, 가장 많이 읽힌 내 책의 리뷰에는 그런 내용의 감상이 많았다. 내 작업에 대한 평가는 때론 나란 인간에 대한 냉혹한 평가로 느껴져서, 못생긴 글을 쓰는 못생긴 작가라는 오물을 통째로 뒤집어쓴 기분에 사로잡히고 만다. 코를 고는 소은의 앞섶이 들썩였다. 나는 가만히 소은을 바라봤다. 그 안에 있는 하얗고 파란 것들을 생각하고 억누르면서. 평생 억누르고 살았으니 이 밤도 견딜 수 있다. 감히 그것을 상상하는 걸 넘어서 들춰보고 만져보고 탐한다는 건 정말로 터무니없는 일이었다.

머릿속에 소은이 니트를 훌렁 벗는 장면이 끝없이 되감기 됐다. 그러다 갑작스레 졸음이 쏟아져 나는 가능한 한 소은과 거리를 두고 누워 잠을 청했다.

한때는 지나치게 많이 꿨던 꿈. 지영과 마지막 통화하던 날 들은 그녀의 음성이 울렸다. 못생긴 여성 작가를 누가 괴롭히겠어. 지영이 지나가며 한 소리에 다친 내가 울면서 말한다. 나 들으라고 하는 소리야? 지영은 당황하고, 이어 어이가 없다는 듯 깔깔 웃었다. 너는 머릿속에 정말 네 생각밖에 없구나. 나는 지영의 말이 너무 매몰차다고 느껴 기가 막힐 지경이다. 우린 다 머릿속에 자기 생각밖에 없어. 그러니까 예술 하고 그러는 거잖아. 너는 뭐 아닌 줄 알아? 지영은 목소리를 낮추며 조용히 경고한다. 소은아, 너는 너무 징징대는 경향이 있어. 너는 뭐에 하나 꽂히면 그 얘기만 해. 그것도 병이야.

친구들이나 받아주지 어른들은 그런 애들 딱 멀리한다. 너도 앞으로 최소한의 사회생활이라도 하려면 좀 주의하란 말이야. 나는 너무 억울해서 가슴을 치며 지영에게 읍소한다. 너만 괴롭힘당한 거 아니야. 나도 괴롭힘당했어. 작가의 빌라에서 최효연이 한 건 괴롭힘이 아니야? 그걸 알고도 모른 척한 사람들이 내게 한 건 괴롭힘이 아니야? 실제로 했던 말과 하지 않았던 말, 하지 못했던 말이 마구 뒤섞여 있다. 그러나 이 말만큼은 정확하게 지영이 내게 실제로 건넨 말이다.

"소은아, 최효연 선생 그렇게 나쁜 사람 아니야. 너는 너무 아저씨들에 대한 편견에 사로잡혀서 때론 틀린 판단을 해."

어깨를 두드리는 기척에 눈을 번쩍 떴다. 모텔 방 창문 밖에 푸르디푸른 새파란 빛이 서려 있었다. 최효연의 딸 소은이 나를 깨우고 있었다. 목욕 가운을 입은 채였다. 간밤에 나를 사로잡았던 축축하고 더러운 욕망이 머릿속을 반짝 스쳤다. 소은에게 들킨 것도 아닌데 몹시 민망하고 자괴감이 들었다. 퇴실한 후 우리는 인터넷에서 평이 좋은 인근 식당에 찾아갔다. 곤드레나물밥과 감자전을 주문했다. 차려진 음식을 보자 그제야 전날 걸신들린 것처럼 먹어대던 소은이 생각나 괜찮으냐고 물었다. 소은은 어깨를 으쓱하며 전혀 문제없다고 했다. 나는 꼭꼭 씹어 천천히 먹으라고 당부했다.

서울로 올라오는 길에도 소은은 몇 번이나 자기가 운전하겠다고 말했고 나는 거절했다. 우리는 내려갈 때 들르지 않은 휴게소에 가보기로 했다. 여름 초록이 쨍하게 빛나는 울창한 산세 아래 있는 휴게소였다. 문득 소은이 메고 온 더플백 두 개가 생각났다. 소은은 뒷좌석에 처박아 둔 더플백을 여정 내내 열지 않았다. 모텔에서도 비치된 목욕 가운으로 갈아입고 잠을 잤으니. 그렇다면 커다란 가방 두 개에는 뭐가 들어 있는 걸까. 잠시 의문했지만 곧 그 생각을 지웠다.

햇볕이 제법 뜨거웠다. 나는 차 안에 넣어둔 선글라스를 썼다. 소은은 선글라스를 가지고 오지 않았는지 손차양하며 눈살을 찌푸렸다. 나는 두리번거리며 그늘막이 있는 곳을 찾았다. 흡연 구역 근처 작은 카페 앞에 그늘막 벤치가 있었다. 소은과 나는 커피를 한 잔씩 주문하고 그곳에 앉았다. 소은의 시선이 자꾸 어딘가로 향했다. 눈길 닿는 곳을 따라가 보니 동전 모양 풀빵을 파는 매대였다.

"저거 먹고 싶어요?"

소은이 히죽 웃었다. 너무 어린아이 같아 보이기도 했다. 내가 보기엔 그다지 먹음직스럽지 않았다. 마침 주머니에 천 원짜리 지폐 한 장이 있었다. 카드로 결제해도 무방할 테지만, 나는 소은에게 돈을 건네며 이걸로 사 먹으라고 했다. 소은은 냅다 달려가 빵을 사 왔다. 소은만 한 나이일 때도 나는 군것질거리를 많이 먹지 않았다. 나는 모이기만 하면 뭔가를 끊임없이 주워 먹던 옛 친구들을 떠올렸다.

소은은 풀빵을 몇 입 만에 해치웠다. 오물오물 먹으며 그녀는 내게 말했다.

"다이빙 클래스에 예순다섯 살 언니가 있어요. 올해 정년퇴직했대요. 물 공포증 때문에 평생 수영도 못 했는데 정년퇴직하고 나서 프리다이빙을 배워보기로 결심했다는 거예요. 얼마나 심하게 물을 무서워했냐면, 어릴 적엔 물이 무서워서 세수도 못 했대요. 그런 사람이 프리다이빙을 배운다는 거죠. 지금도 가만 보면 물에 들어가기 전 숨을 꼴딱 쉬는 게 보여요. 평생 무서워했던 기억이 몸에 남았나 봐요. 다이빙 자격증 따고 인도양을 헤엄칠 거래요. 이렇게 늙어서도 새로운 걸 배울 수 있다니, 밥 먹으면서 몇 번이나 말하더라고요. 우리 아빠도 그렇게 살았으면 좋았을 텐데. 반드시 작가로만 살아야 한다거나, 자기 인생 최고의 순간을 되찾아야 한다는 집착 같은 건 버렸으면 좋았을 텐데. 어차피 연금도 있고."

최효연이 자기 딸 소은까지 묶어서 연금이라고 불렀다는 사실이 떠오르자 섬찟했다.

"언니, 작가로 사는 게 그렇게 힘들어요?"

나는 피식 웃으며 너무 빤한 말을 주워섬겼다.

"이 세상 모든 일이 다 힘들죠. 작가 하는 거 말고도."

"고통인가요?"

소은의 말이 마치 아주 묵직한 돌덩이처럼 가슴 밑바닥에 내려앉는 것 같았다.

"고통이라……."

소은은 대답을 기다리는 모양이었다.

"제가 조금만 더 생각을 해볼게요. 그 말은."

 유화 물감이 덕지덕지 묻은 앞치마를 매고 교정을 돌아다니던 지영. 앞치마뿐만 아니라 그녀가 신은 낡은 캔버스 운동화에도 물감이 묻어 있었다. 요즘 말로 하면 '본업 하는', 그러니까 춤추고 노래하지 않는, 그림 그리는 지영을 볼 때면 뿌듯함이 일었다. 지영은 초상화를 연습한다고 친구들을 두루 그려주었다. 어느 봄날 교정에서, 예술대 회화과 전용 뜰에서 지영이 초상화를 그려주던 날을 나는 아주 자주 떠올렸다. 지영은 내 얼굴을 어떻게 그려낼까, 기대보다는 두려운 마음이 훨씬 더 컸다. 그림 그리는 사람은 지영이고 모델은 나라는 사실이 민망하기도 했다. 누구도 우릴 거들떠보지 않았겠지만, 교정을 거니는 남학생들 눈치가 보이기도 했다. 그때 지영의 집중하던 눈빛, 조금 찌푸린 미간, 앙다문 입술, 빠르게 움직이던 손 같은 것을 나는 지금도 선명하게 기억한다. 입시 준비할 때부터 썼다던 연필과 지우개가 무릎 위에 놓여 있던 모습도. 나는 지영이 시키는 대로 움직이지 않고 가만히 앉아 있었다. 캔버스와 내 얼굴을 번갈아 보던 지영이 입을 동그랗게 모았다. "짜증 나." 나는 지영의 입 모양을 읽고 깜짝 놀랐다. 내가 짜증 난다는 걸까? 아니면 내 얼굴이? 나는 지영에게 왜 그러느냐고 물었고 지영은 움직이지 말라고 경고하며 말한다.

"창작의 고통일 뿐이야."

소은은 밑도 끝도 없이 내게 작가로 사는 일은 고통스러운 것이냐고 물었고, 나는 오래전 지영이 내게 건넨 그 말을 생각했다. 창작의 고통이라는 말을 직접 들은 건 그때가 처음이자

마지막이었다. 나는 단 한 번도 말해보지도 생각해 보지도 않은 개념이다. 그러나 소은에게 그런 것은 아예 없다고 말할 수는 없었다. 예술하는 내 친구가 말했던 거니까.

고학년이 되기 전 마지막 예술제에서 지영은 직접 디자인한 점퍼를 입었다. 'I am FINE, ART'. 점퍼 뒷면에 커다랗게 적힌 글자였다. 이중적인 의미가 담긴 멋진 말이었다. 순전히 지영이 혼자 생각해 낸 말인지, 어디에서 인용한 말인지는 정확히 알 수 없었고 묻지도 않았다. '순수예술'과 '미술'을 동시에 뜻하며, 또한 '비록 가난한 예술가지만 괜찮다'는 말. 그 말을 교정에서 전유할 수 있는 유일한 전공이 회화이기도 했다.

나는 소은에게 대답 대신 그 이야기를 들려주었다. 내가 오지영과 멀어진 이유는 헤아릴 수 없을 만큼 많을지도 모르지만, 최효연이 너무 나쁜 사람은 아니라고 나를 나무라던 말만큼은 지독하게 원망스러웠다고. 나는 그 말을 최효연의 딸에게 했다. 소은은 경솔하게 비웃지 않았다. 의외였다. 소은이 킬킬대며 웃어도 어쩔 수 없다고 생각하던 차였다.

"오지영 씨 너무하네요."

소은의 말이 내겐 묘한 위로를 주었다.

"친구가 나쁘다고 하는데 자기가 뭐라고. 누가 자기 생각 궁금하다고 그랬나. 사실 오지영 씨는 계속 언니를 좀 무시하던 거 아니에요?"

그런 말은 흘려들어야 했다. 나는 내게 그런 건 별로 중요하지 않다고 말했다.

"좀 무시할 수도 있죠. 친구니까."

"가만 보면 자존감 엄청 낮네요."

소은은 내게 말했다. 가만 보지 않고 대충 봐도 자존감이 낮은 사람이 바로 나였다. 나는 대답 대신 먼 곳을 봤다. 멀리 우거진 숲에 초록이 빛났다. 햇빛을 많이 받아 연둣빛으로 빛나는 잎사귀와 그늘져 어둑어둑한 잎사귀가 함께 보였다.

"저는 오지영 씨가 맞을 거라고 생각해요. 아빠한테 성범죄자냐고 말한 사람. 그냥 제 느낌이 그래요. 아빠가 섀도복싱 하며 죽어간 것도 맞지만, 삼촌들한테도 들었어요. 미술 하는 여자가 아빠한테 개망신 준 건 실제로 일어난 일이라고. 언니도 오지영 씨에 대해 다 아는 건 아니잖아요. 표리부동하기도 한 건 맞잖아요. 아니, 인간의 입체성이라고 해야 하나? 아니면 자기가 막말해 놓곤 찔려서 언니한테 죄책감 전가한 것일 수도 있죠. 아빠는 오지영의 공격을 받고 거의 몸져눕다시피 했대요. 살면서 그런 직접적인 공격 받아본 적도 별로 없잖아요. 면역력이 졸라 낮은 거지."

"그런데 소은 씨, 어쨌거나 아닐 수도 있어

요."

 소은은 커피잔 안에 있던 얼음을 입에 털어넣고 우걱우걱 씹었다. 나는 깜짝 놀라 저지했다. 교정 중인데 조심해요, 소은은 내 말을 가볍게 무시하고 얼음을 계속 씹었다.

 "뭘 물어보고 싶었느냐고 그랬잖아요. 예술가의 뜰에서. 저는 왜 그냥 두었냐고 묻고 싶었어요. 친구들이란 게 그렇잖아요. 망가지지 않게 조금 도와줄 수 있는 거잖아요. 저는 지욱 삼촌이나 다른 삼촌들이 아빠 연락 씹을 때는 그러려니 했어요. 미친놈이랑 멀리하고 싶을 수도 있죠. 그런데 적어도 레지던시에 있는 동안은, 그들도 아빠가 필요했던 거잖아요. 지금도 그 책장 가운데 육아일기를 꽂아놓은 사람들인데. 왜 그걸 그대로 내버려 뒀을까요. 그냥 구경거리밖에 안 되는 거냐고요. 가해자든 피해자든. 사람이 어디까지 나빠지는지 보고 즐기는 거,

최효연을 길티 플레저라고 생각했다고 보거든요. 예술가의 뜻 인간들은. 그런데 아마 죽을 때까지, 죽어도 깨닫지 못할 거예요. 말리지 않은 게 뭐가 잘못이냐, 생각할 거예요. 아니, 그런 질문조차 던지지 않을 거예요."

차로 돌아가며 나는 문득 소은에게 차 키를 내밀었다.

"이제부턴 소은 씨가 운전할래요?"

소은은 난데없다는 듯 나를 바라봤다.

"저 못 믿으시잖아요."

"괜찮아요. 하세요."

소은은 차 키를 받아 들고 얼떨떨한 듯 웃었다.

예상한 대로 소은의 운전은 엉망이었다. 평소 도통 앉아볼 일 없는 내 차 조수석에 앉으니 차체의 진동이 더욱 심하게 느껴졌다. 소은은 차선도 똑바로 타지 못했고 끼어드는 타이밍도 좀처럼 계산하지 못했다. 몇 번이나 나들목을 지나쳐 헛도는 바람에 서울로 도착하는 시간은 점점 멀어지고 있었다. 교대하겠다고 고집부리던 게 생각나서 어이가 없었지만 서두를 필요도 없었기에 나는 군말하지 않고 지켜봤다. 소은이 진땀 나는 듯 이마를 닦으며 투덜거렸다.

"제 차에는 크루즈 기능이 있어서 어렵지 않게 운전했거든요."

나는 소리 내서 웃었다.

"그게 핑계예요?"

"그런 건 아니지만……."

소은은 본래답지 않게 기죽어 보였다. 나는 그녀의 어깨를 가볍게 쳤다.

"어떻게든 도착만 하면 되니까 신경 쓰지 말고 운전해요."

나는 눈을 감았다. 간혹 지나치게 흔들리는 차체가 마치 싸구려 놀이기구처럼 느껴지기도 했다. 운전을 안 하니 내 차에서 멀미를 할 수도 있겠구나 싶었다. 잠이 부족했던 데다 긴장이 풀어지니 갑자기 머릿속이 곤죽이 된 것 같았다. 광장 이후 행사, 그리고 과거의 광장에 대한 기억들이 순서 없이 뒤섞였다. 날 때부터 귀족이었다는 듯 가식적인 웃음을 지으며 어른들에게 허리 숙여 인사하는 지영이 어느 날 각성해서 관상조의 회장이 된다. 비록 언행은 거친 면이 있어도 매 순간 진심이었던 지영으로, 꿈이나 미래라는 관념조차 허세 없이 힘주어 말하던 과거의 지영으로. 그리고 언제나 그랬듯 나는 높은 곳에서 사람들에게 환호받는 지영을 바라본다. 다시 광장 이후 행사에서의 지영, 값비싸 보이는 샛노란 코트를 입고 안경을 쓴 지영이 내게 말한다. 제발, 소은아, 그냥 좋았던 추억만 갖고 살아가 줄 순 없겠니. 우린 단지 어렸기 때문에 함께할 수 있었던 것뿐이야. 나는 서서히 잠에서 깨어났다. 지영이 내게 그런 말을 한 적은 없었다. 광장 이후 행사에서 지영은 내게 아주 작은 목소리로 반갑다 소은아, 말하고는 더 큰 목소리로 "제 친구 김효연 작가입니다."라고 나를 소개했을 뿐이었다.

아주 짧은 잠에서 깨어나고 보니 여전히 아까와 같은 시였다. 나는 차창을 조금 내렸다. 조금 미지근한 여름바람이 좁은 창틈으로 불어닥쳤다. 핸들을 꽉 잡은 소은의 하얀 팔을 힐끗 봤다. 어떤 생각이 머릿속을 스쳐 자세를 고쳐 앉았다. 나는 소은에게 진지하게 물었다.

"두 달 후 떠난다고 했죠?"

"네, 다 준비됐어요."

"멀리 떠나면 교정은 어떡하려고요?"

소은의 옆얼굴을 봤다. 그녀는 여유롭게 미소 지으며 대답했다.

"세 달 정도만 참으면 돼요. 그럼 또 한국 들

어와요. 그러고 나서 다시 이직 준비할 거예요. 일자리는 많거든요."

"의사가 괜찮대요?"

"어쩔 수 없잖아요."

달마다 관리를 받으러 가야 하기 때문에 소위 '월비'를 내는 것인데, 앞으로 1년은 더 해야 한다면서 무슨 대책이 있는 건지 알 수 없었다. 오후가 깊어지자 길이 막혔다. 예상대로 소은은 끝도 없이 급정거를 했다. 자기 몸까지 앞으로 기울어질 정도로 격하게 브레이크를 밟는 걸 나는 또 군말 없이 지켜봤다. 말없이 조수석에 앉아만 있자니 좀이 쑤셨다. 은근한 멀미가 일어서 텍스트 따위를 볼 수는 없었다. 내려가는 길에 소은이 그랬던 것처럼 밑도 끝도 없이 떠들어대기에는 대화의 소재가 이미 고갈돼 있었다. 나는 하는 수 없이 소은에게 말했다.

"뭐라도 들을까요?"

"언니 차니까 선택하세요."

"원래 전 팟캐스트 들어요. 그런데 취향 탈 것 같아서."

"요즈음엔 뭐 듣는데요?"

"일본 자민당 수난사랑 총리 암살 프로젝트요."

"됐어요. 안 들어요, 그럼."

나는 하는 수 없이 다시 말했다.

"그럼 음악 들어요?"

"언니가 듣고 싶은 거 아무거나 들으세요."

나는 음악 앱을 켜봤다. 도통 사용하지 않는 앱이었다. 마지막으로 들은 음악이 〈인터내셔널가〉라니, 정말로 스스로가 한심했다. 이걸 들으면서도 관상조 생각을 하고야 말았을 것이다. 그래도 옛날에 듣던 〈인터내셔널가〉는 아니었고 인디밴드가 편곡한 버전이었다. 소은이 아무거나 들으라고는 했지만 차마 〈인터내셔널가〉

를 틀 수는 없었다. 나는 대학 시절 듣던 브릿팝을 선택했다. 한 곡만 재생하면 다음부턴 알고리즘이 알아서 재생해 줄 것이다. 소은은 음악을 듣더니 오호, 하며 아는 척을 했다.

"이 노래를 알아요? 옛날 노래인데."

"이거 최근에 다시 나왔어요."

"몰랐네요."

"언니는 뭐 일본 자민당 같은 거나 듣는 사람인데 알겠어요?"

소은은 가볍게 나를 비웃으며 킬킬거렸다. 나는 별달리 작정하지도 않고 소은에게 쏘아붙였다.

"소은 씨, 친구 없죠?"

"친구 필요 없어요. 생겨도 지뢰 건드리면 바로 손절해요."

지뢰라. 알 듯 말 듯한 단어였다.

"그럼 소은 씨도 많이 손절당했겠네요?"

"하, 왜 시비예요. 운전하느라 힘든데."

"시비 거는 줄은 아는구나. 그런데 승무원은 서비스직이라 감정노동 힘들 텐데 괜찮겠어요?"

"언니, 지금 그것도 저한테 시비 거는 거죠?"

나는 그냥 입을 다물고 말았다. 블루투스 오디오에서는 다양한 팝 음악이 흘러나오고 있었다. 익숙한 듯 낯선 음악들이었다. 고속도로를 지날 때면 언제나 하는 생각, 국토의 대부분은 산이라는 새삼스러운 생각, 산세가 험난했고 그래서 제법 아름답기도 했던 강원도 작가의 빌라 생각. 정말로 지영은, 소은 말대로, 최효연에게 일생일대의 망신을 줬던 걸까. 그러고선 나더러 그가 나쁜 사람이 아니라고 말한 걸까. 나는 소은에게 질문했다.

"도대체 저 가방에는 뭐가 들은 거예요? 꺼내는 것도 없던데."

"다 필요한 거 들어 있어요."

"세안 파우치나 잠옷이나 책 같은 거 있는 줄 알았는데."

"그러니까 다 필요한 거라고요."

마치 간섭하는 부모에게 또박또박 말대답하는 아이 같았다. 뭘 그리 많이 챙겨? 타박하는 부모에게 빼앗기지 않으려는 듯, 한 보따리 끌어안고 고집부리는 아이 같다고 할까. 어느덧 사방에 어스름한 기운이 깔렸다. 겨우 서울에 진입하는 중이었다.

"그럼 엄마는 인천에 계신 거예요?"

소은은 입술을 비쭉 내밀고 잠시간 침묵하다 말했다.

"엄마도 인천을 떠났어요. 애인이 생겼거든요."

"그렇구나."

"다행이지 뭐예요. 최효연만 그리워하며 여

생을 보내다니 그건."

나는 소은의 말을 냉큼 받았다.

"말이 안 되지."

"말이 안 된다! 맞아요."

소은은 또 금방 가벼워져서 흐흐 웃었다.

"육아일기 인세는 엄마가 관리해요. 엄마들 생각보다 돈 좀 있는 거 알죠? 날 위해 모아둔 돈을 주겠다고 자꾸 그러는데 거절했어요. 나중에 엄마한테도 정떨어지면 그때 달라고 하려고요. 미뤄뒀어요."

"그래요? 좋겠다."

"언니는 부모님한테 받은 돈 없어요?"

"한 푼도 없어요, 없어. 우리 집은 연금 같은 것도 없어요."

내 입으로 연금이라는 단어를 말해놓고 순간 흠칫 놀랐지만 무람없이 지껄이는 소은 앞이라 그런지 별로 신경 쓰이지 않았다. 소은도 어깨를 으쓱하고 말았다.

"그럼 언니는 무슨 돈으로 대학원까지 다녔어요?"

"다 대출받고, 근로장학생 하고, 그런 거죠. 현금 낸 적은 한 번도 없어."

"흠. 전형적인 거지 대학원생, 그거구나."

"내 친구들은 다 그래요. 우리가 없으면 대학원 행정이 안 돌아갔어."

"언니 그거 아세요? 오지영 씨 전시하는 거."

"몰라요. 걔 전시 본 지 진짜 오래됐어요."

"친구라면서요."

손수 마른걸레질까지 말끔히 한 것 같은 반짝이는 검은 제네시스 차량이 거칠게 끼어들었다. 덕분에 대화가 끊겼다. 소은이 주먹으로 핸들을 가볍게 치며 한 번 클랙슨을 울렸다. 제네시스는 무리해서 낀 주제에 경적을 들으니 기분이 몹시 상한 모양이었다. 차창을 내린 운전자가 손을 내저으며 성질을 부렸다. 소은은 나지막하게 욕설을 내뱉었다. 이런 상황에서는 생각보다 침착하게 대처하는 편인 듯했다. 중얼중얼 욕만 할 뿐이지 별달리 동요하지 않았다. 나도 굳이 말을 얹지 않으려고 했다. 매우 특별한 상황은 아니었으니까. 그런데 여전히 막히는 길에서 제네시스 운전자는 아예 머리통을 차창 바깥으로 내밀며 시비를 걸었다. 나는 소은의 팔을 가볍게 잡으며 "신경 쓰지 마요." 하고 말했다.

"그냥 미친 인간이니까."

소은은 한숨을 내쉬었다. 저런 유의 운전자를 만나면 함께 분에 못 이겨서 차를 세우고 내려서 싸운다거나 뒤를 밟는 사람도 있었다. 내 친구 중에도 있었다. 위험천만한 일이었고 부질없는 일이었다. 소은의 손가락이 덜덜 떨렸다. 그녀가 어떤 순간에는 제법 손을 떠는 편이라는 걸 나는 잊고 있었다. 십자 모양 타투가 다시 눈에 들어왔다. 나는 소은에게 차분하게 말했다.

"창문만 안 내리면 돼요."

당연하게도 그런 차량은 언젠가 흔적도 없이 사라져 버린다. 마치 차원 이동을 한 것처럼. 곧 달려들어 멱살을 잡을 것 같다가도 조금 시간이 지나면 도로의 흐름 안에 흡수되어 없어진다. 아주 잠깐만 견뎌내면 되는 거였다. 우리는 어느새 처음 만났던 장소에 인접해 있었다. 소은의 자취방이 있는 동네. 소은은 골목 안에 있는 집 앞까지 갈 것 없이 대로변에서 내리겠다고 했다. 오래된 철물점, 금은방을 지나 방충망 셔터 유리 샷시 도어 차양 샷다 수리 방수가 한꺼번에 적힌 입간판을 지났다. 소은은 여기서부턴 걸어가겠다고 하고 안전벨트를 풀었다. 차를 세우고도 비상등을 켜지 않기에 내가 대신 켰다. 문득 눈물이 날 것 같았다.

"소은 씨, 잘 지내요. 그리고 내가······."

나는 말을 이어갔다.

"내가 혹시 말 너무 심하게 한 건 아니죠?"

뭘 사과하고 싶은지, 사과를 하고 싶긴 한지 나도 잘 모른다. 내가 미처 깨닫지 못하는 실수를 저질렀더라도 너그럽게 용서해 달라는 말일 뿐이었다. 그저 그렇게 비겁한 말일 뿐이라는 걸 알면서도 입에 밴 말이었다. 소은은 대답하지 않고 차에서 내렸다. 가슴이 덜컥 내려앉았다. 운전석으로 바꿔 앉기 위해 나도 벨트를 풀었다. 그때 소은이 뒷문을 쿵쿵 두드렸다. 자동으로 열리지 않는 문이라 열어주어야 하는데 나는 손님을 태울 때마다 매번 까먹곤 한다. 문을 열자 소은은 더플백들을 챙기며 말했다.

"무슨 심한 말을 했다고 그래요, 정말."

나는 소은을 물끄러미 봤다.

"심한 말 좀 해라, 제발, 효연아."

놀랍게도 소은이 말하는 '효연아'라는 호칭

을 듣는데 마음이 편안해졌다. 내가 차에서 내리자 소은은 갑자기 나를 안았다. 순간 소은의 푸른빛 도는 젖꼭지가 생각나려고 했지만 마음을 다잡았다. 소은은 속삭이듯 말했다.

"효연아, 소은아, 옛날이 좋았다고 말하진 말자."

알 수 없는 말, 그러나 너무 밀도가 높은 말을 그렇게 남기고 소은은 뒤돌아 사라져갔다.

나에게도 돌아갈 수 없는 빛나는 순간이 있었다.

첫 책을 내고 나서 나는 꽤 좋은 평가를 받았다. 내게 주어진 찬사와도 같은 비평들을 읽으며 가슴이 떨렸다. 못생긴 작가라는 악플 따위는 얼마든지 견뎌낼 수 있다고 생각했다. 최효연 같은 자보다 훨씬 더 권위 있는 작가와 다양한 분야의 유명인이 내 책을 읽었다고 말을 보탰다. 이런 모습이 촌스럽다고 생각하면서도 설레곤 했다. 설레고도 두려웠다. 난 언제쯤 그들에게서 버려질까. 언젠가 그들은 나를 내세울 만한 신인이 아니라고 생각할 것이다. 모든 흥행업이 그렇듯 비평도 완전히 다른 방식의 신인을 찾아 떠날 것이다. 그때가 언제가 될까. 내년일까. 혹은 다음 달일까. 그런 생각도 강박적으로 하곤 했다. 그 시절에 나를 사로잡은 말, "이 민완한 신인 작가"라는 말은 언제나 나를 버티게 해줬다. 옛날 말, 고리타분한 말이었지만 지면에서나 보던 '민완'이라는 수식어를 내게 붙여준 누군가에게 나는 진심으로 감사했다.

동문수학했던 선배 중에는 나보다 더 위험한 취재를 한 사람도 많았다. 반도체 공장에 취업해서 노동자들을 취재한 선배, 폐허가 된 기지촌에서 여전히 살아가는 할머니들을 취재하며 경찰과 싸우던 선배, 신분을 위장하고 각종 커뮤니티에 잠입해서 장기 취재한 선배를 언제나 생각하려고 했다. 그들 모두가 작가로 데뷔한 것도 아니었고 나처럼 과분한 찬사를 받은 것도 물론 아니었다. 소은이 프리다이빙을 이야기할 때, 나는 미국에서 출간된 유명한 다이빙 논픽션을 잠깐 떠올렸다. 작가는 취재를 위해 다이빙을 하다가 뇌질환을 앓을 위기를 겪었다. 그들에 비한다면 나는 정말이지 아무것도 아니었다.

나는 아무것도 아니었다고. 누군가는 자존감이 낮다고 말할지도 모른다. 그러나 이런 자조가 나를 살아가게 해주는 힘이기도 했다. 나는 신체에 가해지는 물리적 폭력을 겪은 적도 없었고 나의 취재 대상은 주로 여성들이었으니까, 어떤 사람들에 비하면 훨씬 준수한 조건에서 취재했다는 것을 알고 있다. 신인 작가에게 주어지는 찬사는 당연하게도 뜸해져 갔다. 서서히 드물게 언급되고, 언젠가 비로소 완전히 잊힌다고 하더라도 이미 세상에 나온 내 책은 누구도 훼손할 수 없는 채로 도도하게 존재할 것이다. 옛날이 좋았다고 말하진 말자, 어린 소은은 뭘 알고 그토록 묵직한 말을 하는 걸까, 나는 뿌듯한 마음으로 실소를 터뜨렸다.

집으로 돌아온 나는 1박 2일 동안 입고 있었던 외출복을 벗지도 않은 채 서가를 살펴봤다. 잘 보이는 곳에 최효연의 책이 있었다. 육아 일기가 아닌 말년에 가까운 시절 쓴 저작이었다. 그러니까, 작가의 빌라에서 만난 후에 그가 내게 보낸 것이었다. 나도 첫 책을 그에게 보냈나, 기억나지 않았다. 좋아하는 사람이건 싫어하는 사람이건 출판사에서 시키면 가리지 않고 다 보냈으니까. 책등은 어느새 파랗게 변색돼 있었다. 햇빛이 비스듬히 스며드는 자리에 오랫동안 꽂혀 있었던 탓이었다. 단 한 번도 그것을 꺼내 볼 생각을 하지 않았다. 그뿐만 아니라 내게 최효연의 친필 서명본이 있다는 사실 자체를 아예 잊고 살았다. 나는 최효연의 책을 꺼내 펼쳤다. 그의 프로필 사진을 지나 한 장을 더 넘기자 서명이 나왔다. 작은 단풍잎 하나가 붙어 있었다. 이런 취향을 가진 사람이었던가, 물색없이 웃음이 났다. 김효연 아우에게. '아우'라는 글자에 한참 시선이 머물렀다. 왜 이렇게 뜨거운 거야, 옛날 사람들은. 멋대로 굴고 함부로 굴고 또 왜 그렇게 쉽게 마음을 주고 그러나. 예전에 지영에게 했던 말이었다. 지영은 내게 이렇게 말했다. 아니, 그들이 뜨거운 만큼 표독할 수도 있다는 걸 너는 알아야 해.

생각에 잠겨 있던 나는 최효연의 책을 떨어트렸다. 오랫동안 서가에서 안전하게 보관되어 있던 그의 책은 순식간에 내동댕이쳐졌다. 순간의 충격이 얼마나 컸던지 고이 붙어 있던 단풍잎도 떨어져 나갔다. 나는 그것을 다시 주워 붙였다. 그러고는 인터넷으로 지금 열리고 있다는 지영의 전시를 검색했다.

* 소설에 등장하는 민중가요에 대해서는 컴필레이션 음반 《새노래》(단편선 순간들 외, 민주노총)를 참고했습니다.

소설가
박민정의
금요일

2025. 04.

01 02 03 **04** 05 06 07 08 09 10
11 12 13 14 15 16 17 18 19 20
21 22 23 24 25 26 27 28 29 30

2025년 4월 4일

그 깃발을 바라보며

겨우내 입었던 솜 점퍼를 입고 집을
나섰다. 한겨울에도 입었던 점퍼인데,
생각하면 한숨이 났다. 겨울이 너무
오래 꼬리를 끌며 떠나가지 않았다.
그날 아침에도 점퍼를 꺼내 입으며
이젠 좀 날씨가 풀려야 하는 것 아닌가,
생각했다. 사계절을 나는 일이 축복이라고
여겼던 적도 많았다. 그러나 겨울
끄트머리에는 자주 비관하곤 했다. 왜
봄이 오지 않을까, 날씨는 춥고 하늘은
매양 잿빛인가. '내복은 개천절부터
식목일까지 입는다'라는 명제를
따르자면, 껴입어야 하는 날이 아직 하루
더 남아 있었다. 그러나 그날은 솜 점퍼를
입는 일이 유독 힘겨웠다.
일찌감치 나가 경복궁 동십자각 인근에
자리를 잡았다. 언제나 그랬듯 마음에

드는 깃발 근처에 앉았다. 오래전
대학생일 적에 친구들과 실없이
주고받던 농담이 생각났다. '누군가
네 배후가 무엇이냐 물어본다면
비비안 웨스트우드라 하겠다.' 배후가
무엇이냐고 누군가 추궁할지도 모른다는
상상 따윈 할 필요가 없는 세상이 되었다.
깃발은 정말이지 다양했고…… 내 식대로
말하면 '나를 나로 말하는 깃발'들 그
자체였다. 때론 깃발을 들고 선 사람들의
말을 귀 기울여 듣기도 했다. 깃대를 잡는
일은 여전히 체력을 요하는 일이기 때문에
기수들은 요령을 공유하곤 했다. 팔만
흔들지 말고 몸 전체를 흔들어야 한다는
조언. 그리고 바로 그런 까닭에 언제나
남학생들만 기수가 되고 그들은 소위
'깃돌이'로 불렸던 옛날을 떠올리는 나.

신학생인지 사제인지 알 수는 없으나
십자가 표식을 하고 묵주를 감은 남성
기수 옆에 앉았다. 지난 겨우내 광장에서
만난 수많은 깃발들 가운데에도 내 마음을
특별하게 사로잡은 것들이 있었다. 가톨릭
신앙 공동체 안에서의 퀴어 깃발이 특히
그랬다. 나는 왜 어려서부터 성당에
다녔으면서도 교회 공동체 안에 퀴어
모임이 있을 수 있다는 생각을 단 한 번도
하지 못했을까? 그러나 알았다고 해서
내가 모임에 낄 수 있는 것도 아니고,
'앨라이'라는 이름으로 다가가서 환대를
받을 자신도 없고, 또한 당연히 나 따위가
환대받아야 하는 것도 아니고……
이런저런 생각을 하다가 나는 다시 소심한
나, 깃발이 없는 내가 된다.
광장에 설치된 대형 스크린 앞머리

2025. 04. 04.

편에 있던 나는 문득 뒤를 돌아보고
깜짝 놀랐다. 어느덧 예정된 시각이
다가오자 사람들이 가득 모여들고 있었다.
어림짐작도 되지 않을 만큼 많은 인파가
몰렸다. 동십자각을 기준으로 경복궁을
훌쩍 넘어 서대문까지 모인 듯했다. 수도
서울의 성곽, 길고 긴 담을 시민들이
벨트처럼 둘러싸고 있다는 생각에
가슴이 뜨거워졌다. 광화문 인근을 지날
때마다 사로잡히는 기묘한 감정에 관해
나는 아직도 제대로 설명하지 못한다.
언젠가부터 빼앗겨 버린 것 같은 광화문
광장의 화려한 조경을 볼 때 느끼는
소외감도. 또한 그 인근 청계천이 왜
그렇게 예뻐야만 하는지에 대해서도.
'서울'이나 'SEOUL' 혹은 메가시티를
상징하는 조형물을 볼 때, 그것이 너무

아름답다고 찬양하는 외국인들을 볼 때
느끼는 내 마음이 단순한 저항감인지
격세지감인지 '시대유감'인지 혹은 그
모든 것인지 잘 모르겠다.
그 서울 한복판 수많은 인파가 모인
자리에서 나는 마감 생각을 했다.
오늘이 지나면…… 반드시 정신을
차리고 마감하리라. 이미 약속한 날짜를
훌쩍 넘겼다. 무슨 무슨 이유로 핑계를
대기에도 너무 시간이 많이 지났다.
원고를 미뤄놓고 뒷산 둘레길을 걸으며
뉴스를 듣거나 밤새 속보 기사 페이지를
새로고침하며 지낸 날도 많았다. 누구랄
것도 없이 정신 사납고 심란할 텐데, 내
원고를 기다리는 분들이 있다는 생각을
하면 가슴이 타들어 갔다. 오늘만 지나면
무슨 일이 있어도 곧장 마감하리라,

2025. 04. 04.

다짐했지만 차마 길에 앉아서 소설을
쓸 순 없었다. 예전에는 광화문 광장
길바닥에 앉아 글을 썼던 적도 있었다.
노트북을 들고 시위에 나오다니 그 자체로
신기한 일이라고 생각하면서. 물론 그
시위들이 마냥 안전하고 평화로운 것만은
아니었지만 여차하면 노트북을 안고 냅다
뛸 정도의 체력은 있었다.
헌법재판관이 주문을 읽고 나서, 나는
낯선 사람들과 손을 맞잡으며 방방 뛰고
웃었다. 거짓말처럼 갑자기 겨우내 입은
솜 점퍼가 가볍게 느껴졌다. 나는 그렇게
웃고 뛰며 동십자각 뒤편으로 날 듯이
걸어갔다. 봄 햇살이 축복처럼 쏟아졌다.
그러나 눈물이 났다. 동행한 친구는 어떤
'기쁨의 눈물'이라고 생각했을 터이지만,
사실은 깃발 하나를 본 탓이었다.

오래전 광장에서 나는 그 깃발 아래 있었다. 내가 마음 깊이 존경하고 사랑했던 사람들과 함께였다. 오래전 그날들에 함께 울고 웃었던 사람들. 함께 자보 문구를 만들고 몇 날 며칠을 꼬박 머리를 맞대 회의하고 우리 깃발이 어떻게 펄럭여야 할지 이야기 나눈 사람들……. 나는 그 사람들 가운데 제법 막내 축에 속해서 사랑도 많이 받았고 젊은 만큼 궂일도 앞장서서 많이 맡았다. 사이가 나빠지거나 싸워서 그들과 멀어진 건 아니었다. 점점 나이가 들고 일도 많아지면서 자꾸 그들과는 덜 만나게 됐다. 그들은 언제나 약자의 편에 서 있다고 말했으나, 꼭 그들과 닮은, 그러니까 자신들이 이해할 만한 범위 안에 있는 약자들에게만 공감했기에 나는

2025. 04. 04.

더는 뜻을 함께할 수 없다고 생각했다.
그러나 그들 입장에선 내가 조금 나이를
먹고 조금 더 '출세'를 하고 등 따스운
자기 자리를 찾아가느라 멀어졌다고
여길 수도 있었다. 물론 그들 역시 전부
그때의 그들이 아니다. 지난겨울 광장에
무수히 등장한 자유로운 이름들과 종류가
다른 이름, 그 깃발의 이름은 유산으로
남아 여전히 유산을 지키는 사람들에게
전유되고 있을 뿐이었다.
펄럭이는 그 깃발 아래에 혹시 나를 아는
사람이 있을까 봐 나는 몇 번이고 발길을
돌렸다. 그들 눈에 띄지 않으려고. 그들과
멀어지려고. 그러나 혹시 눈에 띄어
누군가와 인사를 하게 된다면 뭐라고
이야기 나눌지 생각하기도 했다. 정말
오랜만입니다. 잘 지냈어요? 살기 바쁘다

보니 이렇게 백 년 만에나 만나네요.
오늘은, 좋은 날입니다. 그렇죠?
지금은 이렇게 술회하고 있지만 한때 나는
격렬한 배신감에 휩싸이기도 했었다. 필름
누아르 장르의 규칙처럼, 나를 그 자리로
데려간 존경하는 삼촌이 내 뒤통수에
칼을 꽂아 넣는 흑막 아닌가……. 뭐
그런 생각을 해본 적도 있다. 지금은
이렇게 생각한다. 내가 여전히 소설을
쓰고 있다는 사실이 나를 그 깃발로부터
자꾸 멀어지게 만드는 거라고. 지금
나는 그런 원심력으로 작가인 내 자리를
지키고 있고, 과거 어렸던 나는 존경하는
선배들에게 가까워지고 싶은 마음을
구심력 삼아 그 깃발로 다가갔다. 그러나
그날, 그들 중 누군가와 마주치고 인사를
나눴다면 아마도 모두 기쁜 얼굴이었을

2025. 04. 04.

것이다. 우리가 비록 이런저런 사정으로
멀어지고 서로의 문학에도 때론 칼을
겨누고 귓구멍에 들어가지 않기만을
바라면서 욕도 하지만 오늘은…… 그래도
오늘은 좋은 날이야, 그렇지?
소설 『작가의 빌라』에 등장하는 광장은
하여 20년 전 광장일 수도, 지난겨울의
광장일 수도, 혹은 먼 미래의 광장일 수도
있다. 함께했으나 더는 함께일 수 없고,
도저히 함께할 수 없을 거라고 믿었던
사람들과 함께한 뜨거운 어떤 날, 어떤
광장을 떠올리면서, 내가 글을 쓰는
장소는 그 모든 광장이리라 생각하며 이
작품을 썼다.

소설가의
책상

작업을 하는 책상 위에는 늘 물 한 잔이 놓여 있다.

사진 : 박민정

추천사

『작가의 빌라』는 당대 한국문학의 성장을 상징한다. 이 작품은 문학에 내외부가 존재하는지 묻는다. 창작 과정과 결과는 같아야 하고, 실제로 같다. 작가의 삶, 즉 인간성과 작품의 성취 사이의 관계는 재능이냐 노력이냐는 낡은 논쟁으로 결정되는 문제가 아니라, 젠더와 같은 사회 구조적 모순을 파헤칠 때 인식 가능하다. 어떤 작가도 혼자서 위대할 수 없다. 인간을 넘는 예술가는 없으며 성실과 윤리는 인간의 조건이자 예술가의 조건이다.

더불어 『작가의 빌라』는 작가와 가족, 그리고 '광장'의 윤리를 질문한다. 강력한 메시지를 지니고 있음에도 후일담, 페미니즘, 퀴어 등 특정 범주에 묶이지 않고 자연스러운 일상의 서사를 보여주는 빼어난 작품이다. '광장'은 개인에게 자신이 직접 민주주의의 주체로서 '역사의 주인공'이 되었다는 착각을 선사한다. 이 '광장 인플

레이션' 시대에 이 작품은 감추어져 있던 시점을 드러내고 다른 목소리를 낸다.

작품 속에는 '작가의 빌라'에서 무위도식하며, 집을 떠나 있어 실상 쓸 수 없는 '육아일기'를 출간해 마치 연금처럼 인세를 받는 남성이 등장한다. 이 남성의 자기 연민과 피해의식에 관한 묘사는 작가 박민정이 '한국적 남성성'을 간파했음을 보여준다. 그 시절이 '영광의 시대'이기는커녕, 당시에도 당대에도 부끄러운 기억으로 남은 많은 이들에게 『작가의 빌라』는 위로가 되리라. 그리고 나는 이 책을 읽고 다짐한다. 모두가 작가인 시대에 안목 있는 독자가 되리라.

정희진(서평가, 『다시 페미니즘의 도전』 저자)